母亲

您是儿子心中一条流淌的长河

叶永刚　著

中山大學出版社
SUN YAT-SEN UNIVERSITY PRESS
·广州·

图书在版编目（CIP）数据

母亲，您是儿子心中一条流淌的长河 / 叶永刚著. —广州：中山大学出版社，2024.5

ISBN 978-7-306-08099-8

Ⅰ.①母… Ⅱ.①叶… Ⅲ.①诗集-中国-当代 Ⅳ.①I227

中国国家版本馆CIP数据核字（2024）第096380号

母亲，您是儿子心中一条流淌的长河

Muqin Nin Shi Erzi Xinzhong Yitiao Liutang De Changhe

出 版 人：王天琪
策划编辑：梁倩茹
责任编辑：周美玲 何 娴
责任校对：凌巧桢 马 洁
责任技编：靳晓虹
封面设计：广州玖思文化
出 版 社：中山大学出版社
电 话：编辑部 020-84111996，84111997，84113349，84110779
地 址：广州市新港西路135号 邮政编码：510275 传真：020-84036565
网 址：http://www.zsup.com.cn E-mail:zdcbs@mail.sysu.edu.cn
发 行：广州市朗声图书有限公司 电话：020-34297719
印 刷：广东虎彩云印刷有限公司
地址电话：东莞市虎门镇黄村社区厚虎路20号C幢一楼 电话：0769-85252189
规 格：880mm×1230mm 1/32 12.75印张 286千字
版次印次：2024年5月第1版 2024年5月第1次印刷
定 价：68.00元

序言

终于，我走出了二〇二〇年！走出了这说不完道不尽的二〇二〇年！

二〇二〇年是极其特别的一年，我不仅和我的家乡武汉一起经历了一场战斗，而且，在这一年，我失去了我平凡而又伟大的母亲。

按照我们家乡当地的风俗，人们在端午节一定会吃粽子。母亲特别喜欢吃粽子。但是这一次吃粽子却吃出了麻烦。母亲的胃功能已不如从前了。粽子太硬，刺破了她的贲门，流血不止。端午节那天晚上，家里人将她从当地医院转到县医院，第二天又转进中心医院，想不到第三天晚上母亲就在中心医院静静地走了……

我出生于一九五四年的夏天。从出生的那一天开始，我就在母亲的呵护下成长。我二十五岁那年离开母亲，到武汉大学读书。毕业后，我几乎每个月都会回乡看望母亲和父亲。父亲二〇一五年仙逝，只留下母亲一个人在老家。她又不愿意进城，我们只好让已退休的大妹妹回家去照顾她。母亲九十岁高龄，身体硬朗，没有什么大毛病。在她去世前的一个周末，我和夫人一起回去看望她，她老人家还给我们剥了一大碗青豆，要我们带回来给小曾孙们吃。

没想到她老人家就这么走了，就这么快走了！

悲痛之后，我内心深处感到十分愧疚。老人家在世的时候，我陪她的时间太少了。每次回老家去看她，总没有时间陪她多聊聊。几乎每次回家，她都早早地站在村口等我、迎我。每次从家里回武汉，她总是站在村口送我，久久地站在那里，直到看不见我。

我的母亲是这个世界上最平凡的母亲。她出生于一个贫苦的农民家里。嫁到下叶塆之后，一辈子除了到武汉看望过我们几次外，就没有离开过这个小村。她没有上过学，除了能认识自己的名字外，其他的字全都不认识。在当时的社会里，农民长期处在社会底层。母亲一辈子养育了十个子女，可最终活下来的，只有四个。如此低的存活率，可见当时生活的艰难。

可是，我的母亲是一个伟大的母亲！在她平凡的一生中，体现了所有母亲身上最伟大的品格！我清清楚楚地记得，在她去世的追悼会上。有人在会上悼念她："我们的汤老夫人，一辈子含辛茹苦，培养出一个出色的教授、一个能干的银行家。就凭这两件事情，就使我们这里的每一个人都不得不佩服她，都不得不敬重她，都不得不羡慕她！……"

母亲去世后，我想以一种特殊的方式纪念自己的母亲。我决定为母亲写一本书。从二〇二〇年六月二十七日开始，每天早上起床之后的第一件事情，就是伏在案头，写一段纪念母亲的文字。

写着写着，越写越觉得对母亲有说不完的话。

写着写着，越写越觉得我这辈子受母亲的影响极深极深。

写着写着，越写越觉得母亲并没有离开我们，她一直在我们身边不断地嘱咐我们，不断地安慰我们，不断地呵护我们。

我越来越感觉到，母亲就是我的家乡，就是家乡的天空，就是家乡的土地，就是家乡的田野，就是家乡的村落，就是家乡的老屋，就是家乡门前的那棵老苦楝子树。

我越来越感觉到，母亲就是那棵老苦楝子树下的那只老母鸡。她正带领着我们这群小鸡，在树下的草地上啄寻着一只只小虫儿。她将啄食到的虫子，叼来喂养了我们。

我越来越感觉到，母亲就像村口的那棵老苦楝子树一样。总是一个人默默地站在那里，等候着我，等候着我们兄弟姐妹，等候着这一群远飞的鸟儿归来。

我越来越感觉到，我的母亲，就是我心中的一条长河。她永远在我的眼前缓缓地流淌，不断地灌溉着我，滋养着我，温暖着我……

一转眼，就到新的一年了。二〇二一年的钟声已经敲响了。母亲，我在新年的鞭炮声中，重新拎起了背包。母亲，您的儿子又要背起背包出发了！

母亲，儿子的耳边又响起了您那亲切的话语："蛤蟆死了也要跳三跳！"您的儿子，您的这只心爱的蛤蟆，还活着呢！还健康地活着呢！他又要"跳三跳"了！

母亲，我仿佛又看见您站在老家门口，挥着手，微笑着，为我送行。

叶永刚

2021年6月2日

于珞珈山

目　录

第一章　失去

母亲走了……002
艰难……003
尊敬……004
睡吧……005
挫折教育……006
挥手……007
悼词……008
追悼会……010
雨伞……011
沉睡……012

第二章　回忆

静静地回忆……014
医院……015
回家……016
野菊花……017
避风塘……018
马齿苋……020
永别……022
黄鼠狼……023
送行……025
梦想……026
童年……027
结婚……028
玉器……029
苦难的一生……031
芡实……033
甲鱼……034
细楚……036
米饭……038
椰树……040
人穷志莫短……042
下雨……044
对不起……046
小时候……048
海带花……050
瓜藤和瓜苗……052
房子……054
烟麦……056
红薯……057
生日……059
预言……061
洗脚水……063
新房……065
开门……067
生鸡蛋……069
保护费……071
黄瓜……073
老屋……074

慈父严母……075
回娘家……077
雁和鹰……079
大火……080
插秧……082
幸福……084
上大学……086
梦中的天堂……087
大学校园……089

第三章　思念

麻花……092
苦荞……094
笑口常开……096
苦中有爱……097
长河……099
推磨……101
新媳妇……102
父亲的临终遗言……105
苦难的岁月……106
宁静的夏夜……107
凉粥和汗水……109
小蒜……111
洋姜……112
三伏天……113
做饭……114
锅巴……115
稀饭……116
辣椒……117
南瓜饭……118
葫芦面汤……119
神仙汤……120
好吃的红薯……121
红果果……123
家鸽……125
黄豆……127
随遇而安……129
米酒……130
萝卜……132
通往天堂的小路……135
大甲鱼……137
七七……140
平凡与伟大……142
高脚白……143
平淡生活……145
腊肉……147
灿烂的笑容……149
吃鱼……151
香樟树……153
激励……155
大学的暑假……156
老家……158
提醒……161
警钟长鸣……163
饮水思源……164
安全着陆……166
长跑……167
故乡……169
出国……171
东方芝加哥……172
期货交易……174

个体户……176

第四章　畅想

钓鱼……180
竞争……182
温斯顿考特的森林……184
美国朋友……186
石头山……188
钓鱼……189
野柿子……191
母鸡和小鸡……193
晚霞……195
爷爷……197
《易经》……199
不平衡理论……201
回家……203
好运气……204
丑儿子……206
改革开放……208
争光……212
报答……214
大乌龟……216
回到黄陂……218
平常人……220
言传身教……222
通山……224
突破性进展……226
号角响起……228
大别山……230
母亲的安慰……232
母亲语录……234
推进会……237
讨论会……239
启动仪式……241

第五章　倾诉

中秋的思念……244
回归家园……246
上善若水……249
新书出版……251
松原……253
国庆长假……256
传家之宝……259
童谣……262
农民的儿子……263
回馈……265
吉林……267
修身养性……269
楚雄……271
企业发展的报告……273
奋勇前行……275
执着……278
“丑儿子”和“傻儿子”……279
野橘……281
南宁……283
喝酒……285
特约顾问……287
新书出版……289
野橘林……291
种菜……293

长寿……295
乡愁……297
柿子树……298
颜如玉……300

第六章 追思

家训……304
养生之道……306
骑牛找牛……308
家和万事兴……311
阴阳平衡……313
家乡小吃……316
三板斧……318
回乡任职……320
麻雀和斑鸠……322
野菊花……324
母亲的爱……326
射向远方的箭……328
古田……329
长汀……331
有用之人……332
加油站……334
游访连城……336
海上生明月……338
灵魂歌唱……340
癞蛤蟆……342
风雪深处……345
烦恼……347
巨轮启航……349
运动战……351
热爱文学……353
幸福的今天……355
喜欢诗歌……357

第七章 希望

走向远方……360
吃肉不如喝汤……362
失败与挫折……363
豆丝……365
金融工程年会……367
不再喝酒……368
来到哈尔滨……370
年会成功……372
新目标……373
冬至……374
冲击前沿……376
渴望春天……378
南宁的冬天……379
牢记本色……380
交班……382
婚纱……384
思考发言……386
曾经的岁月……388
恢复健康……390
小孙女……391
修桥补路……393
新年祝福……395

后记

第一章 失去

母亲走了

弟弟打来电话　九点十分　母亲走了……
母亲走了
母亲留下我们　去陪我们的父亲去了
母亲走了　我才真正想到
我也老了　下一个该走的就是我了
母亲走了　我才真正明白了
人生短暂　活着就好好地活着吧
趁活着的时候　把该做的事情
一件一件地做好……

2020年6月27日
于珞珈山

艰难

母亲
从我记事的时候开始
就知道您的日子
是那样的艰难
是那样的贫困
您生下来了子女十个
活下来的只有我们兄弟姐妹　四个生命

2020年6月27日
于珞珈山

尊敬

拿什么纪念您报答您呀
我的母亲　您已经走了
一切再也来不及了
那我就来写您吧
写您的勤劳　写您的善良
写您的白发　写您的皱纹
写您那艰辛的岁月　写您那满脸的泪痕
正因为我们做儿女的　知道您的艰难
所以我们做任何事情　都格外发奋
终于有一天　我考上大学了
母亲　我清楚地记得　您笑了
您终于用自己的心血
赢得了所有人的尊敬……

2020年6月27日
于珞珈山

睡吧

最后　我们看了母亲一眼
母亲没有醒来　昏睡着
静静地躺卧在重症病房
睡吧　母亲　您这一辈子　太累太累……

2020年6月27日
于珞珈山

挫折教育

母亲　您活着时
我没有少挨过您的打骂
小的时候　我不懂　很不高兴
母亲　长大了　我才明白了
这叫作挫折教育　一句话
该打……

2020年6月27日
于珞珈山

挥手

母亲　您没有走
您正站在老家门口
笑望着我们　向我们挥手……

2020年6月27日
于珞珈山

悼词

各位父老乡亲、各位亲朋好友：

倾盆大雨做泪，天地日月同悲。今天，我们怀着沉痛的心情，深切悼念我们下叶塆朝夕相伴的模范村民，尊敬的汤喜先老夫人。汤喜先老夫人生于一九三〇年腊月二十日，逝于二〇二〇年六月二十七日，享年九十高寿。

汤老夫人一生热爱集体、热爱劳动，兴修水利、围湖造田，披星戴月、夜以继日，汤老夫人的一生是艰苦奋斗的一生。

汤老夫人一生心地善良、乐于助人，帮助左邻右舍，关心大家，热心快肠。赠人玫瑰，手留余香，汤老夫人的一生是品德高尚的一生。

汤老夫人一生相夫教子，孝敬老人，严格要求子女，遵守家风家教，鞭策后人。汤老夫人的一生是言传身教的一生。

汤老夫人一生勤俭持家、省吃俭用，舍不得吃、舍不得喝，生怕孩子们挨饿受冻，含辛茹苦把孩子们一个个拉扯成人。汤老夫人的一生是克勤克俭的一生。

今天，汤老夫人虽然离开我们仙逝而去，但是，她老人家依然活在我们的心里，让我们永远难以忘怀。

今天，塆里的乡亲父老们来了，亲朋好友们来了。大家聚在一起，来为汤老夫人送行。我们作为汤老夫人的孩子，在此向各位表示深深的谢意！感谢大家对我们母亲的帮助和关照，感谢大家对我们的支持和关爱，我和兄弟建刚代表我们全家，向大家深深鞠躬！

我们尊敬的母亲，下叶塆的又一位模范社员，马上就要上山去了，就要去陪伴我们日思夜想的父亲了！

我们衷心地祝愿我们下叶塆这位德高望重的老人，在这青山环抱、绿水长流的美景中幸福长眠，我们祝汤老夫人一路走好，我们祝您老人家千古长存！

谢谢大家，谢谢！

2020年6月29日

于珞珈山

追悼会

母亲走了
村里人为母亲开追悼会
由我来给母亲写悼词
并且在追悼会上念诵
边写边念边抑制着眼中的泪水和悲伤
母亲的逝世让我再一次感叹人生的短暂和脆弱
人不知道自己从哪里来
也不知道自己往哪里去
可是人知道自己的起点在哪里
也会知道自己活着时的终点在哪里
所有活着的人　都在走着一条自己的路
但是所有人走的路
在长度上是有差别的
人是靠着自己的脚步
去拉长自己的道路的
母亲　这就是您在离开我们时
我在写完您的悼词
和在念完您的悼词之后的
所见所想……

2020年6月29日
于珞珈山

雨伞

送走了母亲
我静静地躺在床上歇息
母亲活着的时候
她是一把巨大的雨伞
孩子们都在她的庇护下
避风躲雨
如今母亲走了
我成为老人了　我真正成为老人了
我也会像母亲一样
为孩子们和身边的人
撑起母亲留下的那把雨伞
撑起一片蓝蓝的天空……

2020年6月30日
于珞珈山

沉睡

我捧着母亲的遗像
默默地在母亲的遗体面前　站立
母亲　就像是一只沉睡的老猫
深深地昏睡在那里
我知道　母亲　生我养我的母亲
再也苏醒不过来了
母亲　睡吧　您一辈子太苦太累了
您就好好地歇息　好好地歇息吧……

2020年6月30日
于珞珈山

第二章

回忆

静静地回忆

母亲走了
我每天都抽出一个时间来
一个人　坐在阳台　沉思默想
我想您　母亲　我要静静地回忆
那些和您在一起的日子
我要慢慢地想　我想深深地想
我要让您永远活在我的心里
谁也不能把您从我的心里夺走……

2020年7月1日
于珞珈山

医院

在黄陂区人民医院
我和夫人赶去看望老人家
老人家刚刚输过血
看起来精神状态还好
我们一家人与她商量
说是白天请人照顾一下
晚上由菊芳妹来陪她
老人家不同意
说是要回下叶塆　不愿在这里花钱
最后我们好说歹说总算同意了
我和夫人高高兴兴地回武汉大学了
没想到晚上兄弟来电话了
说是母亲需要转院
她胃部血流不止　怕是不行了
我告诉弟弟　马上转院！
到汉口的大医院……

2020年7月1日
于珞珈山

回家

母亲去世的前一个星期
我和夫人回家看望
母亲双手捧着我的脸说
儿子　娘想你　怎么这么久
都不回来看我呢？……
我说　妈　我不是回来了吗
不是回来了吗？
我看着妈的样子
身体棒棒的　满面红光
我心里想　妈今年九十岁了
看样子　活过一百岁没有问题
没想到　一个星期后
母亲就走了
都是因为端午节的粽子
一个粽子就要了她的性命……

2020年7月2日
于珞珈山

野菊花

窗台上放着一个小布袋
小布袋里是母亲为我采摘的野菊花
母亲在田野上将它采回家里
用竹筛子将它晒干
我对母亲说
我用它泡茶很香很香呢！
母亲说　明年野菊花开的时候
我再给你多摘一些吧
母亲　您走了
明年野菊花开的时候
我再也看不见您了……

我会回到老家
在山野上摘一把野菊花
放在您的坟前

2020年7月3日
于珞珈山

避风塘

母亲　还记得三年困难时期吗
所有的人都饿得快要不行了
有的人已经倒下去了
为了让我们活下去
母亲　您可是操碎了心
我们塆子的北面
那是一个池塘　塆里的人
称之为“避风塘”
避风塘的南岸
长着一棵长长的歪脖子柳树
这棵树贴着水面伸向池塘中间
每天太阳出来的时候
一群乌龟就爬上了这棵柳树
躺在树干上眯着眼睛晒太阳
一旦发现有人走近　它们就扑通下水
逃了　逃进了水底
无影无踪
母亲　您在树下的水中
放置了一张渔网
当乌龟们爬上树干时
我们走近它们
当它们滑下树干时
全都掉进了渔网
这群乌龟

就成了我们的“救命粮”
母亲养育了我们十个孩子
最后仅剩下四个
可见　当年的日子
那是何其的艰难呀
每念及此
泪水潸然

2020年7月4日
于珞珈山

马齿苋

餐桌上有一盘马齿苋
这是母亲在乡下为我晾晒的
如今母亲走了
眼前的马齿苋唤醒了我的记忆
马齿苋是一种农村的野菜
山坡上　田野里　菜地边
甚至房前屋后
遍地可见……

母亲常常用这种野菜做菜
并且给我们讲一些马齿苋的故事
她告诉我们
马齿苋是一种顽强的野菜
在任何贫瘠的土地上
都能存活并生长
她还说　马齿苋是一种耐旱的野菜
再暴烈的太阳
也休想将它晒干……

母亲　您不就是乡下的那一株顽强的马齿苋吗?
平凡普通而又不屈　而又伟大
我们之所以能够从您身边走出来
不正因为您的言传身教吗?

我再一次看着眼前的马齿苋
仿佛又在端详着母亲满面皱纹的容颜

2020年7月5日
于珞珈山

永别

没想到母亲走得这么快
母亲的身体其实很好
由于秀芳妹妹住院治疗
只好将母亲安排在菊芳妹妹那里
菊芳妹妹不知道母亲近期的生活习惯
结果酿成了大祸
端午节那天　她让母亲吃了一颗粽子
母亲消化不了　呕吐不已
吐出的粽子破坏了胃上的贲门
血流不止　只好送县医院输血
依然血流不止　只好送市医院抢救
先做胃镜　很快查出了原因
然而　仍然血流不止
血输入的速度跑不过流失的速度
母亲就这样走了
临走之际　我们让医生用视频
让我们看了最后一眼
母亲像一只老猫　紧闭着双眼
静静地躺睡在那里……
从此　我们永别了……
从出事到去世　不过三天时间
母亲走得太快了……

2020年7月6日
于珞珈山

黄鼠狼

母亲走了
关于母亲的记忆
却在我的脑海里
像潮水一样奔涌而来
我记得冬季的时候
野外的黄鼠狼没有更多的食物
它们时不时窜到我家
毫不留情地对家里的鸡仔下手
常常在半夜三更
一家人被鸡笼里传出的声音吵醒
等到我们开灯时
鸡笼中就有被黄鼠狼咬死的鸡仔
黄鼠狼为什么要咬死鸡仔呢?
那是因为它要喝鸡血
它从鸡脖子下口
一咬下去鸡仔就没命了
在那个时代
鸡仔简直就是家里的“钱袋子”
甚至是“命根子” 一家人的财政收入
全在这些鸡身上 每一个鸡蛋
我们都舍不得吃
都得拿到镇上的供销社去换钱
接下来 用这些钱去买油盐酱醋
黄鼠狼咬死我们的鸡仔 岂不是要我们的命?

母亲和父亲商量
找到竹夹子放在鸡笼前面
半夜的时候
一只大黄鼠狼被夹住了
鸡笼的鸡仔被保住了
家里的那只大公鸡又开始欢歌了
母亲又可以放心地
每天在鸡窝里掏鸡蛋
装进竹篮子里
提到镇上卖钱去了……

2020年7月7日
于珞珈山

送行

母亲　您走了
您走的时候
全村的人都来给您送行
不仅如此　不仅如此
我工作单位的同事也来了
我们的何国华老师来了
我们的肖卫国老师来了
我们的熊和平老师也来了
不仅如此　不仅如此
他们还带来所有同事的问候

母亲　您看见了吗
不仅您看见了您自己的一生
没有一个真正的敌人
而且您的儿子
同样继承您的家风
没有一个真正的敌人
母亲　您老人家走了
您的儿子就是真正的老人了
您的儿子深深地懂得
您的为人　您的处世
如果自己不把别人当作敌人
就没有真正的敌人了……

2020年7月8日
于珞珈山

梦想

母亲　我曾经有一个久久的梦想
我要上大学
可是我的梦想一次又一次地破灭了
那一年高考　我又落选了
我的梦想又一次破灭了
我吃不下饭　我睡不着觉
我觉得前途一片灰暗
我清楚地记得　那一天
母亲您做了一顿好吃的饭菜
陪着我　告诉我
吃吧　孩子
不就是留在家里种田吗？
种田不也是人吗？……
我望着身边的母亲
我想哭
我暗暗下定决心
明年还要考　还要考
考得上就远走高飞　为父母争光
考不上就安心在家种田　陪伴父母……

2020年7月9日
于珞珈山

童年

母亲　您曾经告诉过我您的童年
您的童年弥漫着战火
外公外婆带着您
到处躲避着日本鬼子
为了您的安全
外公外婆将您打扮成一个小男孩
将您的长发剪成了短发
并且在您的手上和脸上
抹上了黑乎乎的灶灰

母亲　您一生经历的磨难太多太多
在那些苦难的岁月中
您失掉了读书识字的权利
以至于您一辈子　走不出早出晚归的小村

母亲　当您宁静地躺睡着的时候
我简直不敢相信
母亲　您几乎一个字不识的农村妇女
竟会培养出两个大学生
一个成了著名教授
一个成了金融大亨……

2020年7月10日
于珞珈山

结婚

母亲　听说您嫁给父亲的时候很是风光
父亲当时在汉口汉正街做生意　西装革履
家里人告诉我
您当时身着旗袍
专门到汉口烫了一个卷发
塆里的人经常忆起您和父亲的结婚照
忆起您嫁到下叶塆的日子
然而好景不长
父亲得了肺结核病
从汉口又回到了乡下
从此以后
生活的负担
便沉沉地　压到了您的肩上
您用您的善良和坚强
不仅操持了这个家
而且一辈子都呵护着父亲
让他的身体渐渐恢复

2020年7月11日
于珞珈山

玉器

一九五四年农历六月初四的一个中午
在下叶塆的那一个农家小屋
传来一个小孩呱呱坠地的声音
那小孩就是我啊　母亲
塆里的人说
生我的时候
父亲跪在地上
双手捧着我刚冒出的头颅
大声地朝您哭喊着
用力啊　用力啊……

母亲　您后来告诉我
我实际上是老三
前面的两个哥哥
在我出世之前　就夭折了
因此　我的降临
便显得格外隆重
母亲　您后来还告诉我
那一年生我的时候
天上下着大雨
刚刚生下了我
长江的洪水就涌到了门前
一家人扶着母亲　抱着我
赶紧朝着后山上逃命

母亲　由于您生下了我
家里的人喜出望外
多少年后　塆里的人常对我说
你的奶奶逢人就夸
我家的大房媳妇
生下了一个玉器儿子
正因为如此
塆里人也喊我“玉器”
母亲　您深深地知道
玉不琢不成器
您一刻也没有放松
家风家教的传承……

2020年7月12日
于珞珈山

苦难的一生

母亲　您的一生是苦难的一生！
我们家在农村　我们是农民
我不仅是农民的儿子
曾经也是一个彻头彻尾的农民
我们几乎承受了那个时代的所有磨难……

我记得当一个十八岁的弟弟因病去世时
您倒在我的身上　悲恸欲绝
当我的一个可爱的小弟无人看护
不幸溺死在池塘时
您几乎昏死
我记得当年一个小妹妹
因那个年代的饥饿而死时
您躺在那里
不省人事……

母亲　在那个饥荒的年代里
您将我送到了
城里的一位至亲那里
是害怕叶家断绝香火
而您和父亲仍然留在家里
挨饥受饿……

十个子女　只活下来了四个啊

这十分之四的存活率
要说明的事理
该有多少　该有多少啊
而我　永远都不会忘记
我就是这四分之一
我这个四分之一　不幸中的万幸
居然奇迹般地活了下来
母亲　儿子要说
这不能不归功于您呀　归功于您……

2020年7月13日
于珞珈山

芡实

我在一个酒筵上
吃到一种东西叫作芡实
母亲　那不就是我们所说的“鸡头苞”吗？
那个东西是野生的　长在湖泊里
浑身都是刺　也浑身都是宝贝呀！
根、茎、籽哪一样不勾起我们美好的回忆？
我记得在夏天的时候
我一头扎进水底
并用双手插进根部
连根拔起芡实来
然后拖到岸上
一直拖到家里
母亲　您找出一把剪子
将芡实根剪下来　将芡实茎剪下来
将芡实籽剪下来　芡实籽是我们的野果
将芡实根茎炒熟　放进辣椒
那香　那辣　那绵　那热气腾腾的场面
让我终生难忘呢
母亲您站在身边
看着一家人吃喝　幸福地笑着……

2020年7月14日
于珞珈山

甲鱼

母亲　我又忆起了
在您身边那些日子
一群小伙伴在池塘边戏水
忽然有人发现池塘中间
有一只甲鱼露出头来
我们在池塘中猛然击水
甲鱼慌乱地钻进了水底
我们一群小伙伴游了过去
扎到水底
在甲鱼附近的水下摸索起来

一会儿　我便摸到了那只甲鱼
在它正钻进淤泥之前
我小心地摸到它的尾部
用手握住　然后钻出水面
一只甲鱼伸开四脚扑腾
并用尖嘴回咬
没门呢　它的尖嘴
够不上抓它的小手……
小伙伴们欢呼起来
护送着我回到家里
母亲　还记得吗？
不一会儿　您就从厨房

给我们端出一钵
热气腾腾的野甲鱼汤呢……

2020年7月15日
于珞珈山

细楚

母亲我想起了
那个小弟　他的名字叫细楚
胖乎乎的　黑乎乎的
可爱极了　刚刚学会说话
就不幸掉进池塘　溺水走了
从此以后　只要我靠近池塘边戏水
就会在家里挨揍
可是农家的孩子
哪有人照看呐
夏天来了　这一群光屁股的孩子
还是时不时钻进水里
呛了多少回池水后
我终于学会游泳了
由于没有受过专门的培训
我只会那种“狗爬式”
正是有了这种“狗爬式”
我就可以不会成为第二个“细楚”了！
我可以在滚滚的河流中
一气游上数十公里了
我可以抱上一块石头
憋一口气　从河这边钻到河的那边了
母亲　您知道吗
是小弟弟的不幸

是您的痛苦

教会了我　让我有了良好的水性……

2020年7月16日

于珞珈山

米饭

母亲　您一辈子都在念叨一个人
念叨一个好人　那个人在那个饥荒年代
曾经让您多吃了一碗米饭
一碗香喷喷的米饭呐
那是三年困难时期
所有的劳动力都在兴修水利
能在工地上干活的人　就能吃上一碗米饭
不能干活的人　连米饭都没得吃
即使能吃上的人　也都是半饱半饥……
那一天村上的一位大队干部
在食堂里碰上了母亲
他告诉当班的厨师
这是我家的弟媳
给她多盛一碗吧
待她吃饱了　再给她盛一碗带上
家里的那些孩子可怜哪
让她带回家去
母亲在下工之后
带着这碗米饭
赶了数十里路
回到家里
就像一只老母鸡
喂养着我们这群饿得发慌的小鸡
母亲　您常常念记着那位大伯

即使他去世了好多年　好多年
您常常告诫我们：
“滴水之恩　可要涌泉相报啊……”

2020年7月17日
于珞珈山

椰树

傍晚的时候
我和夫人带着小孙女
在校园里漫步
小孙女指着路边
被校工锯开的一棵树说
您看那棵树在流眼泪呢
我一看那树　心里一愣
我认识那种树
它的名字叫椰树
我顿时忆起了故乡的岁月

在那个饥荒的三年困难时间
家里断粮了
望着家里有气无力的一家人
母亲从村前剥了一把树皮
母亲将树皮煮熟了
含着眼泪喂着我们
我还清楚地记得
那树皮的模样和味道
一小节　一小节
硬邦邦的　黏乎乎的
我更清楚地记得
村前那个池塘周围的椰树皮
全被村里的人剥光了

只剩下一根根光秃秃的枝干
伸展在天空中　顶着太阳
倒映在池水里
那一棵棵裸露的树干
就像在呻吟　就像在哭泣
母亲　您知道吗?
那一天　我站在池塘边
望着这一棵棵剥皮后的枝干
久久都不愿离去……

2020年7月17日
于珞珈山

人穷志莫短

母亲　您活着的时候
经常提到那些心酸的日子
有一天晚上　父亲走过村头
听到有一群纳凉人在议论他
有一个人说　老叶的那个家
简直就不是家　日子过成了那个样子
他还好意思活着　我要是他
早就一头钻进牛胯子
撞也撞死了……

老实巴交的父亲　听到这段议论
简直气昏了　但是他不便发作
日子过得差　这是事实呀
父亲有毛病　家大口阔
家里穷得叮当响　实在无可奈何
父亲闷闷地回到家里
将这事告诉了母亲
母亲肺都气炸了　冲出屋子
要去和那人拼命
胆小怕事的父亲　将母亲死死扯进屋子
后来我每次回到老家
母亲几乎总要提起这事

母亲除了对那人耿耿于怀之外
常常告诉我们的一句话就是
人穷志莫短……

2020年7月18日
于珞珈山

下雨

又下雨了　母亲
一道闪电划破夜空
一阵雷声轰鸣　倾盆大雨
敲打着窗外的雨棚

我的思绪又回到了您的身边
农家的孩子　并不会因为下雨
就躺在屋里休息
母亲给我穿上雨衣
然后给我一只竹篮　一把铲子
告诉我　打猪草去吧
打满了这一篮子　你就快快回家吧
在那下雨的日子里
往往就是我捕鱼的大好时光
河里的鱼儿沿着两岸的水流
一个劲儿地向上游移……

当我回到家里时
我掀开竹篮中的猪草
就是活蹦乱跳的鱼儿
母亲笑了　母亲揩干我脸上的雨水
不仅给我们煮上了鲜美的鱼汤
而且将剩下的鱼儿刮洗干净
抹上食盐　放进菜坛子

并且在鱼上面压上一块圆滑的鹅卵石

太阳出来的时候
母亲将鱼儿晒干
用油将它们炸熟
好香好香啊　好脆好脆啊
本来一餐只吃一碗米饭
有了这盘咸鱼干　起码还要多添两碗

母亲　儿子多想在这下雨的时候
再回到老家
再次提回一篮鲜鱼
让您给我们腌制咸鱼干……

2020年7月18日
于珞珈山

对不起

母亲　窗外又下起了瓢泼大雨
我又想起了老家那个下雨的傍晚
那天不知为什么我又惹您生气了
您的手中拿着一把薅耙的长把子
恐吓要打我
我记得自己撒腿就跑
母亲　您更生气了
一定要我停下来……

我哪敢停下来呀
我拼命地围着村子跑
母亲您一个劲地围着村子追赶
最后终于赶不上了
我从村前一口气跑到了村外
不敢回家了……

母亲找不到我了
慌神了　吓坏了
全家的人都来找我了
全村的人都来找我了……
我又听见爷爷那苍老的声音
楚伢快出来吧
爷爷的肉汤罐子熟了
爷爷的肉汤罐子熟了

我在草堆子里听见爷爷的呼唤声
我呜呜地哭起来了
外村的人听见了我的哭声
将我交给了爷爷……

我不敢回家见您
奶奶让我在身边待了三天
然后护送我回家
告诉您　别再吓坏孩子……
母亲　如今想起来
由于我的调皮给您带来多少的生气和担心哪……
母亲　尽管您现在在九泉之下
我仍想跪在您的跟前
含着眼泪再说一声
母亲　对不起……

2020年7月19日
于珞珈山

小时候

母亲　记不清小时候
给您添了多少麻烦
也不知道多少回
惹得您生气……

那一次　好像是生产队的钟声响了
您要出工了　要到地里干活去了
可我还缠着您　不让您下地
您生气了　您实在太生气
将我一把拎起来
一下子扔进了路边的一个臭水沟里
我哭喊着从臭水中钻出
浑身都是臭泥　只露出两只小眼睛
仍然在流着泪水……

小的时候我也常常不理解
觉得母亲您不该揍我
现在回想起来
挨打让我终生受益
母亲您常常挂在嘴边的一句话
那就是“不打不成人　棍棒底下出孝子”……
我后来上了大学

成了教授并且讲授经济管理
终于有一天我恍然大悟：挫折教育！

2020年7月19日
于珞珈山

海带花

当我小时候
正需要母亲呵护之时
可是母亲需要上工地
要到很远很远的地方去兴修水利
而且需要去很长很长的时间
母亲要出发了
我拉扯着母亲的衣服
不停地吵着闹着不肯离去……

爷爷解下自己的头巾
围在我的胸前
拖拽着我
就像拖拽着一只
挣扎着的小羊
好让我们母子分离

我哭着闹着
看着母亲的背影渐渐远去
爷爷拖着拽着我
一路哄着我　带我赶集……
等我哭到集市上时
爷爷带我走进一家馆子
给我买了一碗“海带花”
我饿了　喝着那碗汤水
吃着那水中浸泡着的食物

黑乎乎的硬邦邦的　像小鸡爪子一样的
不知是什么鬼东西
爷爷一个劲儿地劝我　快吃快吃

母亲到遥远的工地去了
我只好跟着爷爷回家
家里已经吃不到米面了
那天的饭菜　我记得清清楚楚
一家人每人手中捧着一个大碗
一碗清水中　漂荡着几片红薯……

多少年了　我常常想起那些日子
想起母亲离开我的情形
想起爷爷给我买的那碗“海带花”
我几十年都在嘀咕
海带花？海带花？到底是什么东西？
难道海里的海带会开出那样的花来吗？
既不好看　又十分难吃

有一年　我出差到海边
在海边游泳的时候
终于弄清楚了　那“海带花”
就是海带根　就是废料
那东西压根就没法吃
搁在平时　根本没人会吃

2020年7月19日
于珞珈山

瓜藤和瓜苗

星期天　我又爬上了
珞珈山的山坡
我在寻找着树下的枝桠
我要给楼前的瓜藤
扎上一个瓜棚
让一根根的瓜藤　朝着天空爬索
我在这劳动的过程中
体会着母亲　您在劳动中的快乐
您养育着我们一群儿女
不就像种植着一畦瓜苗吗?
您用自己的心血和汗水
浇灌着我们　呵护着我们
而您自己却汗流浃背
忍饥受饿……

只有在这时候　母亲
我才深深地体会到
您的深情　您的厚爱
您的创造　您的欢乐
母亲您啊　我们永远是您浇灌着的瓜秧
我们永远铭记着您的期待和教诲
我们不断地向上攀援
我们不停地向前求索……

屋前屋后　种瓜种豆
种瓜得瓜　种豆得豆
这是您的种瓜心得
也是您的人生哲学
我在这种瓜的时刻
又再将您的话语仔细琢磨……

2020年7月19日
于珞珈山

房子

我又想起了那些辛酸的日子
我们家终于有一天要盖房子了
原来和三叔父一家
共住一间土屋
后来两家的孩子都长大了
简直要把那间小屋挤破了
那一天　母亲的哥哥
我们的大舅伯
一边拿着泥刀帮我们砌墙
一边站在墙头　对村里人说
在下叶塆　在所有的人家里
只有我妹妹家里的这间屋子
盖得最为寒碜　只能说是用几根棍子
搭了一个避风躲雨的土窝

母亲　大舅伯那天说的话
我一辈子都忘不了啊
我心里非常清楚
在整个下叶塆
唯有我们家的日子
最为难过……

正因为如此
前年我和夫人回家

站在老屋跟前
又想起了当年的情景
大舅伯站在墙头
那段心酸的话语

我将这段故事
讲给了夫人和我的孩子听
夫人站起身来　拍着我的肩头说
那就重盖一下这间屋子吧
于是　在下叶塆
就有了一栋崭新的楼房
耸立在村子中间
就像一只雄鸡站在高枝上
引吭高歌

母亲　我记得新房盖起来的那天
您站在楼前
看着这栋新房
泪流满面
我知道
那是您想起了伤心的往事
大舅伯走了　他没来得及看到这栋新房……

2020年7月19日
于珞珈山

烟麦

母亲　我又想起了那个饥荒的日子
家里断粮了
您只好回到娘家
向外婆求救
外婆从田野里采了一把“烟麦”
分了一半给母亲
叮嘱母亲
你就不要告诉别人了
这个东西也可以充饥

我清楚地记得
那是一种变质的霉麦
黑乎乎的　看起来很可怕……
但是在那年头　真是“饥不择食”啊

母亲回到村里后
就在下叶塆的田野里
到处寻找这种野麦子
村里人不知您采来这种野草
到底到底
想干什么……

2020年7月19日
于珞珈山

红薯

母亲　我常常想起
您带着我们度过的那个艰难的时代
一九五八年“大跃进”　总路线　人民公社
扛过了这“三面红旗”之后
我们又迎来了三年困难时期的饥饿和恐慌

后来农村开始了“三自一包”
土地包给了农民
农民在自己承包的土地上
首先种上红薯充饥
满地的红薯刨起来
填饱了农民饥饿的肠胃

现在的孩子们
都拿红薯当点心
以为那东西
就是美味佳肴
只有经历过那个时代的人
才知道这东西的难受滋味
我实在不愿再吃
吃下去肚子胀鼓鼓的
母亲我记得您用一个小罐子
不知从哪里弄来一些米粒
给我在灶膛里煨出米饭

仅我一个人吃着香喷喷的米饭
而您和父亲仍然吃着那难受的红薯
母亲　每当我想起这些往事
鼻子就会发酸　想哭……

2020年7月19日
于珞珈山

生日

我翻开日历
今天是七月十九日
还有五天就是我的生日了
在家里的日子里
我们盼啊　盼啊
就像盼望过年一样　盼望着自己的生日

因为每年的生日　母亲总会从鸡窝里
掏出一个母鸡刚下的鸡蛋
煮热了　送到我的手上
我真舍不得吃　捧在手里好久好久……

一年之中　除了过年之外
只有这一次　才能碰到一个鸡蛋
家里的鸡蛋到哪里去了?
谁舍得吃啊　卖了
卖到镇上的供销社去了
那可是家里唯一的“现金来源”了
所有的油盐酱醋
和所有的日常开支
都要靠那几只老母鸡
下了鸡蛋　才有着落……

在我们农村人的眼里

它们哪里只是鸡啊
简直就是“衣食之源”
就是唯一的“财政部长”……

再过几天　又是我的生日
我又回想起往事　又会渴望着
我的母亲　从鸡窝里掏出
那只热乎乎的鸡蛋
喊着我的小名
送到我的手上……

2020年7月19日
于珞珈山

预言

在下叶塆有一个心高气傲的能人
他的名字叫作叶继安
有一天他居然向全村预言
你们都不要瞧不起汤大妈
不要看她家的日子现在难过
你们所有人
今后都比不上她　都要羡慕她
因为她会养出一个有出息的儿子

没想到在我家最困难的日子里
在母亲最困难的时候
竟然村里有人如此预言
而且不止一次地向人们提醒
后来　他的预言真的得到了验证
我终于有一天考上了大学
而且考上了中国的名牌大学
不仅如此　我还出国了
我还成为了一名教授
并且　母亲活到了九十高寿
在村里　她的寿命为全村第一
母亲　我知道您一直百思而不得其解
为什么在我小的时候
叶继安这个几乎把谁都不放在眼里的人
会这样预言呢？

我想　也许是因为我很小的时候
在村里就会下象棋
不仅在所有的小孩中没有敌手
而且垮里的大人　稍不留神
就会被我将军
弄得一败涂地
而我们的叶继安叔叔
就是这些大人中的一例

2020年7月19日
于珞珈山

洗脚水

母亲　我又想起了那个叶继安叔叔
就是那个预言您将成为全村最有福气者的
那位叔叔
那一年我们在外地兴修水利
下叶塆的人都住在一起
大家都共用着一个洗脚的盆子
轮到我用完之后
他的儿子叶永宝等不及了
他也要洗脚了
将我的洗脚水端起
这时候想不到一个人冲了过来
抢过那个脚盆
连盆带水摔了一地

而且　他怒气冲冲地喊着
冲着下叶塆所有在场的人大声地喊着
叶继安的儿子绝不给别人端洗脚水
在场的人中间　不仅有我　而且有我的父亲
父亲看着眼前的情景
简直傻眼了　不知如何处理

母亲　这就是我的下叶塆
这就是我的父老乡亲们
我们农村人不怕苦不怕累

甚至连死都不怕
就怕一件事
被人瞧不起！……

2020年7月19日
于珞珈山

新房

母亲 还记得乡下过年的那些日子吗?
每年大年三十 只要我们吃过早年饭
打开大门 就有一个婆婆走进我们家里
找到我的父亲 说着一句话:
老叶 你还我的房子!……

说着说着 就流着眼泪
哭了起来……
父亲曾经当过队长
在“大跃进”的年代
拆掉了她家的房子
做了水利工程
说是接下来
给她家盖上新房……
接下来就是一九五九年开始的大饥荒
地里的豆子还没有完全成熟
父亲就让村里人摘下来充饥了
这些豆子是人民公社的 父亲受处分了
撤职了 黄大婆的房子也就没有着落了
他们一家挤在一间狭小的队屋里度日……

每当这时 父亲就非常狼狈地说
这是当时的政策 您不能怪我
我现在像您一样 是个平头百姓

您这事得找现在的队长……
我现在才明白　那时的队长
管得了这事吗？村里人连过日子都困难
哪有能力帮她盖新房子呀……
黄大婆也只好流着眼泪　去找队长了

下一年大年三十
我们刚吃完早年饭
打开大门　黄大婆一定会站在我家门前
找到我的父亲：老叶　还我的房子……

每次看着这种场面
母亲　您总是站在旁边
陪着黄大婆流泪
一直到黄大婆走出屋子　去找队长

一直到改革开放那一年
队里再卖掉队屋时
给她留了一间
将留下的队屋变成了她的私房……
母亲　您看着她家盖起了新房
从内心深处　为她家感到满心欢喜……

2020年7月20日
于珞珈山

开门

母亲　我常常想小时候
那些艰难的日子
劳累一天的您
晚上倒在床上　谁都喊叫不醒

可是父亲却不一样
每天喜欢和村里的爷们在一起
打一点小牌　输赢在其次
熬着那些难耐的日子才是正经……

母亲不同意父亲这样做
父亲不在家里打牌了
总是跑到别人家
甚至到外村　一熬就是三更

母亲　您也有办法对付
就是夜里不起来开门
父亲后来也有妙计
每次出门打牌　就让我随行

夜半了　牌场散了
父亲敲门　咚咚咚
母亲依然沉睡　无人应声
每当这时　父亲就对肩头上的我说：

喊你妈妈　快快开门……

只要我一喊　很灵很灵
妈妈马上醒来　吱呀一声
爸爸才能和我一起
得以进门……

正因如此
我从小的时候
就懂得了农村的牌局
和关于牌场的风土人情

都是因为父亲的“阴谋诡计”
把我当作“人质”
夜半三更的时候
逼迫着母亲为我开门

从此以后
我便懂了
母亲对我的厚爱
该有多深多沉……

2020年7月20日
于珞珈山

生鸡蛋

听人说
吃了母鸡刚下的生蛋
可以身强体壮
于是我每天偷偷地
从家里的鸡窝里
摸出一只　而蛋壳
被我悄悄地
扔在地上

有一天
这个秘密被兄弟发现了
他在母亲面前
告了我的“刁状”
我想　这下完了
不是挨打
起码　会是一顿臭骂

没想到母亲笑了
生蛋不能瞎吃
要想长高长大
还是饭菜有营养……

我心里的一块石头
才砰然落在地上

2020年7月21日
于珞珈山

保护费

终于有一天
我可以上学了
母亲给我缝了一个漂亮的书包
我是班上年龄最小的一人
经常受到“大同学”的欺负
怎么办呢？

我也懂得寻求保护了
拿什么给“大同学”交保护费呢
我们家的地窖里
藏着满满的一窝红薯
为了防冻　红薯上盖着一层
厚厚的谷壳……

越冬的红薯
经过了一个糖化的过程
要多甜　有多甜
那就是我们乡下人的“水果”了

一个冬天快要过去了
家里人发现地窖里的红薯不见了
那一天父亲在我上学的路上拉住我
从我的那个书包中搜出了两个大红薯

母亲赶来解围了
说是小孩太小了　没人保护不行……

2020年7月21日
于珞珈山

黄瓜

母亲又在自留地里劳动了
母亲不得不带上我
我看到地上的黄瓜开花了
长出一个小小的黄瓜……

多想摘下来呀
我的嘴里流着涎水　想吃
母亲说：乖　听话
不要摘了　这黄瓜太小了
等它长大了　我一定给你……

一会儿　我走到母亲身边
告诉母亲：妈妈　我没有摘呢！
母亲回头一看　那个刚刚长出来的小黄瓜
已经被我一口口地咬走了……
后来我长大了
母亲常常提起我的这段“光荣历史”……

2020年7月22日
于珞珈山

老屋

母亲　我记得我出生的那栋老屋
前院后座　坐西朝东
院中两间小厢房　后座三间
我们家和三叔家挤在这个狭小的空间
我们家住在南边　三叔家在北面

母亲　您生下了一个接一个的男孩
而三叔家　一个女孩　后面仍是女孩
两妯娌扯皮了　在农村重男轻女的观念里
怎能保持一团和气呢？……

先是吵　后是闹
后面三叔家提出“调边发球”了
母亲　您和父亲二话没说让了
我们家搬到北面　三叔家搬到南面

垮里人都说　您和父亲心地善良
待人厚道　由此可见一斑
我们兄弟姐妹　看在眼里
记在心里
一辈子受益

2020年7月23日
于珞珈山

慈父严母

母亲　人们常说“严父慈母”
可是在我们的家里　似乎
倒过来了　“慈父严母”了
父亲从来没打过我们　从来都没有打过
可是母亲您却不甚客气　不仅打我们
而且经常打我们……

我们和三叔家挤在那么小的一个空间
您不断地生出一个又一个儿子
三婶不断养出一个又一个姑娘
两家的妯娌之间
就像深仇大恨一般
经常吵个不停

而母亲您在农村这个天地里
吵架的确不是您的长处
在吵架这种高深艺术世界里
您经常居于下风……

我们回到家里
有时简直就是无端地挨打
我们心里极其不服　极其抱怨
为什么？为什么？……

后来慢慢地明白了
您是在“打气”
您一边打着我们　一边在骂着
在骂给三婶听呢
这种指桑骂槐的效果
使对门的三婶气得跳脚……

母亲　我仿佛看见您笑了
儿子在给您“揭短”了
在给您“检过”了
而您却笑了
您似乎在告诉我们
那都是过去的“陈谷子烂芝麻”
还有什么放不下的呢
现在两位老人都老了
留下的只是记忆和微笑了……

2020年7月24日
于珞珈山

回娘家

母亲　那天
您在家和父亲吵架了
吵得很凶很凶
我们心惊肉跳　您一气之下走了

您走的时候
威胁父亲
我回娘家去了
不再回来了
你也不要再来找我了……

您走了之后
父亲担起了
家里所有的活计
种菜养猪做饭
还要带孩子
累得在家里直叹气

奶奶来了
教训父亲不该和您争吵
并且勒令父亲
马上去给您道歉
求得您的原谅
将您接回来……

父亲叹了一口气说
家里的日子过得艰难
她也太累了
让她休息两天吧

又过了两天
奶奶又来催促父亲了
父亲信心满满地找您去了
在那里　父亲挨了
外婆和舅娘的一顿批评
您又高高兴兴地和父亲回来了

在那些艰难的日子里
母亲您的娘家
成了您的“避风塘”
苦了累了受到委屈了
就回到那里
在那里得到歇息和慰藉
难怪外婆去世的时候
您哭得死去活来　悲恸不已……

2020年7月25日
于珞珈山

雁和鹰

在我们家里
父亲是雁　母亲是鹰
母亲生气的时候　我们能躲则躲
躲不掉的时候　简直胆战心惊……

我们爱您　我们又怕您
您常挂在嘴边的口头禅：
棒子底下出孝子
不打不成人

母亲　您也会有气极的时候
您指着我的鼻子尖说
你长大了要是能够成人
你用棒子挑屎给我吃……

母亲　现在我们才明白
那是您的一片良苦用心
您是在用激将法
不断地激励我们

2020年7月26日
于珞珈山

大火

那一年春节
我带着夫人回乡过年
大年三十的那一天
我们正在邻村张家田朋友家聊天

母亲您哭喊着冲到了那里
楚伢　不得了了！不得了了！
家里发火了！发火了！
我一听　马上冲出张家田

老远地看到
我家的房屋
正冒着烟火
扑火的人们　已冲上了屋顶

大火很快扑灭了
家里人告诉我
一群小孩玩着“冲天炮”
火炮冲破窗户　烧燃了床帐……

望着眼前的一片狼藉
母亲您伤心地痛哭
那些小孩子太不懂事了
没办法　我们只好咬牙切齿地盖房子

一家人的年关
就在扑火和盖房中度过
母亲　您将眼泪一抹
告诉我们　不怕　不怕
越烧越旺
越烧越发

2020年7月27日
于珞珈山

插秧

母亲　又快要到八月一日
还记得在生产队的八月一日吗？
那可是最忙最忙的时候呀！
“不插八一秧”　每年八一之后
天气就立秋　立秋后插下去秧苗
就只生长苗而不成熟稻子了

八一之前就是下叶塆每年的大会战
全塆的人留下了最后一个最大的稻田
所有人都一字排开
然后面朝泥水背朝天　插呀插呀……

不一会儿　母亲您和父亲渐渐地落在后面了
再过了一会儿　母亲您和父亲就落在最后面了
人们开始嘲笑您和父亲
我听在心里　简直就像针扎
我知道　在农活中
插秧　并不是您二老的强项
没过多久
人们的嘲笑声少了
再过一会儿
人们的嘲笑声消失了

因为在全塆所有人之中

有一个人插到了最前面
他新插的那一翼秧苗
就像一面旗帜　在稻田中高高地飘扬

我在心里暗暗地说
母亲　您的儿子长大了
一定要为您二老争先……

2020年7月27日
于珞珈山

幸福

母亲　我这一辈子
让您担心受怕的事情　太多太多了
给您添烦添乱的事情　太多太多了
我生下来的时候
就是一九五四年的大洪水
您就让人抱着我
冲向后山逃命

刚刚张嘴要吃饭的时候
就是遇上了“三年困难时期”
不仅没有饭吃
而且随时可能没命

刚刚到了要读书的年龄
就经历了“文化大革命”
十一岁就失学了
在家成了又一个“农民”

恢复高考了
我一次又一次名落孙山
一九七八年惹下祸殃
倍感痛心
让一家人的希望化为泡影……

母亲　终于有一天
在村后的山路上
盼来了绿色的邮递员
骑着一辆自行车
送来了儿子上大学的“通行证”

母亲啊　只有在那一天
我在您的脸上
才看见了幸福的笑容

只有在那一天
我才看见了
您和父亲在这个小村里
伸直了压弯的腰身
门前的那棵苦楝子树上
紫色的花朵才真正绽开……

2020年7月28日
于珞珈山

上大学

母亲　上大学的那天
我们家里太穷困了
并没有按照乡下的习俗
摆酒席招待他人……

母亲　您拿出您出嫁时的嫁妆
那只褪色的红漆木箱
而父亲呢　给我端来了
他曾经记账用过的那只古藤小箱
两位老人无钱为我置办新的行李
全是过去用过的老旧物品……

我记得自己身上穿的那件外套
还是母亲缝补而成
父亲抢着挑起行李
亲自送我上学
而母亲　您一直站在村口
热泪沾襟……

再见了　生我养我的这片故乡热土
再见了　一辈子为我操劳费心的伟大母亲

2020年7月29日
于珞珈山

梦中的天堂

母亲　您站在村头
看着自己一把屎一把尿
拉扯大的儿子
沿着那条通往大学的大道
走向了远处
渐行渐远了

可是　您知道随后所发生的事情吗?
父亲和我抢过来抢过去
硬是不让我挑那一担
去上大学的行李　而是将它压在自己肩上
我和父亲在什仔铺搭上班车
父亲一直将我送进武汉大学
武汉大学　我来了　我终于来了
我终于来到了这梦中的天堂

晚上　父亲要走了
父亲临走的时候
拿出身上仅能拿出的二元钱　塞在我的手上
我目送着父亲的背影
渐渐地消失在校前的田间路上
泪水模糊了我的双眼
我在心中默默地说

放心吧父亲　放心吧母亲
您的儿子　一定会在这里努力学习
为二老争光

2020年7月29日
于珞珈山

大学校园

来到武汉大学的第二天早上
我就一个人走进大学校园
一个人走在校园的小路上
四处逛荡……

母亲　您知道那一天
是什么东西　深深地吸引了我的目光?
武汉大学坐落在美丽的珞珈山
满山漫野　都是山树野草
我的脑海里马上浮现出了
那个养育我的村庄
这里这么多这么多的树枝柴草
如果我们全村人都来砍挖
即使十天八夜
也砍挖不完啊

母亲　您知道我为什么会这么想吗?
因为我在家的时候
家里烧柴的问题
十分紧张
我记得小的时候
家中实在没有办法
父亲从坟地捡回棺材煮饭
结果一股焦臭味　让全家人恐慌……

每天放学回到家
我的第一件事就是砍柴
砍柴回家后
扒上几口稀粥
就在小路上撒开双腿
像野马一样奔向学堂……

每天在上学路上奔跑
铸就了我的铁腿一双
以至于在武汉大学的第一次运动会
我的长跑　就吸引到了无数人的目光……

2020年7月30日
于珞珈山

第三章 思念

麻花

母亲　我相信您永远不会想起
我小的时候的一件往事
您曾经带我上街
给我买了一根麻花

我舍不得马上就吃
我用自己的小手帕
将它小心翼翼地包藏
每次想吃的时候
就打开小手帕
掰上一小段
细细地品
慢慢地咬……

后来长大了
上了大学　读到了孔子
孔子说他听了韶乐
三月不知肉味……
我马上就想起了
母亲您给我的那根麻花
我深信那种感觉
一定比那韶乐还要美妙……

再后来到了天津

找到了十八街麻花
怎么品尝　都品尝不出
母亲您那根麻花的味道……

2020年8月1日
于珞珈山

苦荞

母亲　前年的一个清早
我在家吃了一碗面条
然后上班
忽然在办公室摔倒
原来是过敏了
因为面条中拌有苦荞……

我再不敢去碰苦荞了……
可是母亲　我怎么也想不明白
为什么我就不能够再
去碰这些可爱的苦荞……
只要一见到苦荞
我就会想起那苦难的岁月
就会想起当年
农村的“三自一包”

村里的人都快要饿死了
其实已经饿死了不少
政策开始松动了
土地可以承包

我记得那一年下半年
我们家在地里种下了好多的苦荞
秋天到了　地里的苦荞开满了紫色的小花

无数的蜜蜂蝴蝶　在花海中飞舞

苦荞成熟了
母亲　您用苦荞做成荞粑
至今想起来了
仍然口水横流……

母亲　在那个苦难的岁月
您用自己的辛勤和汗水
描绘出了一幅丰收的景色
从此　那幅图画
就像烙印一样
刻写在儿子的心底
要多美
有多美！……

2020年8月1日
于珞珈山

笑口常开

母亲　您和父亲
一辈子吃了那么多的苦
受了那么多的罪
九死一生
为什么却依然能够
健康长寿　活到八十开外　九十开外？

母亲　我仿佛又看到您在笑说
即使天塌下来
顶天还有高个子在呢
其实没有什么秘诀
无非就是与人为善
无非就是笑口常开

2020年8月1日
于珞珈山

苦中有爱

我又想起在您身边
那些艰难的日子
贫穷和苦难　就像魔影一样
从未从我们身边离开
然而苦中有乐　苦中有爱
那些快乐的时光　叫我怎能忘怀……

每年过年的时候
如果不出意外
家里都会请来屠夫
宰杀一头自己喂养的土猪
最开心的事情
就是看着母亲用猪油炼油
一家人全都围在了
热气腾腾的灶台前
板油　花油
一条条　一块块……
放进烧热了的铁锅里
不断地往灶膛里添柴

母亲　您找来一个大大的油坛子
将炼好的猪油舀进坛里
然后将剩下的油渣
撒上些许白盐　做了一碗好菜

还不等母亲您将油渣放上餐桌
我们就一拥而上
不顾热烫
夹在竹筷
放进嘴里
好香啊　好脆啊
热气腾腾　大快朵颐……

几十年过去了
那一哄而上的场面
依然历历在目
那又烫又香的美味
常惹口水涌来……

2020年8月2日
于珞珈山

长河

母亲　在儿子的心目中
您是一条流淌的长河
缓缓地流淌　缓缓地流淌
永无止息地流淌……

从我来到这个世界张嘴的那一天起
就是您的奶水将我喂养
从我们降临人间睁开眼睛的那一刻起
就是您用心血和汗水
在呵护着我们兄弟姐妹
这一棵棵稚嫩的禾秧……

母亲　您活着时
我们只觉得您很平凡　很平凡
母亲　您走了
我们才猛然醒悟　您极伟大　极伟大

我总觉得
您总是站在家门口　您没有走　您没有走
您在呼唤着我的奶名：
楚伢　回来　回来
回来吃饭……
母亲　您是我心中的那条长河

永无止息地流淌
流淌……

2020年8月3日
于珞珈山

推磨

母亲　您知道吗
在所有的农活中
我最害怕推磨
一旦推上磨子　就磨啊磨啊
就没有止息　腰也酸了　背也疼了
随时都想换下来
休息一下再推……
母亲　每当这时
您总是换下我来
让我添磨　您来推磨
然后　您边推磨
边告诉我关于推磨的诀窍
“不怕慢　只怕暂”
所谓暂　就是停息　就是松劲
宁可慢点　也不要停下来呀……
从此以后　我就在母亲您的教诲下
推着石磨就走上了人生的道路
只要还有一口气
就要推着石磨　慢慢地推
慢慢地磨……

2020年8月3日
于珞珈山

新媳妇

母亲　那一年
当我带着新媳妇
回到老家时　您喜极了
笑得合不拢嘴了
丑儿子找到靓媳妇了
山沟里飞来金凤凰了……

家里太穷了　拿不出什么像样的东西
来招待这太阳一样光彩照人的媳妇
我记得家里按照乡下的规矩
请全村的人吃了一餐筵席
老叶的儿子不仅考上了大学
而且找到了一个漂亮又能干的媳妇
这也是全村子人的荣耀啊
怎么能够不祝贺　怎么能够不干杯呢
全村子的男人们　仰起脖子
咕噜咕噜喝了一杯又一杯……

第二天早上
我和新媳妇还没有起床
门外就有了吵闹声
有人站在我家门口
大声地叫骂：
老叶你为什么要在酒里下毒？

你出来　我跟你没完
全塆子的人都围拢来　看热闹了
原来那人前一天喝酒喝多了
伤了肠胃　咳出了鲜血……

母亲让我们不要出门
也不要吱声
母亲和父亲开门
站在门口赔礼道歉
请他进屋子慢慢说
两位老人告诉他：
我们家与你无冤无仇
再说这也是我们大喜的日子……

母亲和父亲劝他
赶快先到医院去看一下
如果有问题
就抓紧治疗……

塆里的人都来劝他了
告诉他　昨天大家喝的都是一样的酒
不会下毒的　老叶一家人厚道
怎么会干出这种事情来呢？……

也许他真的喝多了
仍然怒气冲冲　走了
没过两天　我们见面
大家和好如初了……

母亲对着新媳妇说：
就是这样　你不要见笑　我们农村人
有什么说什么
吵了闹了
没过几天就好了……

2020年8月4日
于珞珈山

父亲的临终遗言

母亲　您曾经告诉过我
父亲在去世之前
曾经躺在床上哭起来了
他一边哭　一边说
他这一辈子最对不起的
是这一群孩子……
他说这一群孩子跟着他
吃了太多的苦　受了太多的罪
可是孩子们却毫无怨言
那么地懂事　那么地努力
那么地成器　那么地孝顺……

父亲的话语
深深地刻在我的心上　让我感到内疚
其实　我们这些做孩子们的
还有很多疏忽和大意之处……

2020年8月5日
于珞珈山

苦难的岁月

母亲　在那些苦难的岁月里
我们家极其贫困
每年到了年终决算之时
生产队张榜公告
谁家余粮户　谁家缺粮户
我家总是排在末位……
母亲　在这种情况下
您总是教导我们
儿不嫌母丑
狗不怨家贫……
我在国外求学的日子里
常常想起母亲
也常常想起母亲的这句话
想家　想国　想自己应尽的本分……

2020年8月5日
于珞珈山

宁静的夏夜

夏夜一丝丝风儿都没有
我独自一人躺在竹床上
仰头　我看着银河
在眼前缓缓流淌
我家老屋的门前
有一个宁静的池塘
在门前和池塘之间
有一块平地　特别敞亮

大人们都忙乎去了
母亲正在生产
一个小妹妹　或者一个小弟弟
很快就要来到这个世上……
没有人顾得上照看我了
我静静地躺着
听着不远处的池塘周围
塘埂上的蝈蝈
在草丛中藏着
时不时地歌唱……

母亲还会像从前那样
把我当作心肝宝贝
日日夜夜
捧在手上吗？……

不一会儿
父亲慌慌张张地过来了
他高兴地告诉我：
你有个妹妹了
你妈要我赶快过来
莫让儿子饿慌了……

2020年8月6日
于珞珈山

凉粥和汗水

三伏天
天气最炎热的时候
也是农村最忙碌的日子
中午　终于盼来了队里收工的钟声

筋疲力尽
几乎踉踉跄跄地
冲回家里
倒在竹床上　就不想动弹了

母亲　您也像我一样
汗流浃背地回家
从瓦盆里舀出一碗
早上剩下来的凉粥
我连忙捧起来
像牛儿喝水一样喝着

凉津津的　稠乎乎的
滑溜溜的　甜蜜蜜的
三下两下　狼吞虎咽
一碗凉粥就烟消云散了……

然后　歇息着
看着母亲的背影

正走进厨房
点火烧柴　准备午饭……

永远都忘不了
那竹床上的清凉
那土墙上的土腥味
那碗母亲为我准备的凉粥
和母亲面颊上
正在汩汩流淌的汗水……

2020年8月5日
于珞珈山

小蒜

母亲　在那些苦难的岁月里
您拉扯着我们这些孩子
教我们劳动　教我们做人
教我们在田野上采集各种各样的野菜

您告诉我们
有一种植物叫作小蒜
然后带着我们辨认
带着我们采摘……

您将它们洗净切碎
与鸡蛋放在一起搅拌
然后放在锅中煎炒
黄黄的蛋花上浮着一层绿色的蒜丝
要多美　有多美
要多香　有多香……

后来　当我去美国学习时
每天傍晚散步时
我就在野外采摘一把
像母亲那样　拌炒鸡蛋
使艰苦的留学日子
也有了快乐的时光……

2020年8月5日
于珞珈山

洋姜

在我家门前的池塘边
母亲　您种上了一株又一株的洋姜
我们有空就跑到池塘边
看着洋姜生长

开始　它有妹妹高了
接着　它和我一样高
接下来长着长着
它就超过了老屋的院墙

它开满了黄色的花朵
不断地在微风中晃荡
到了秋天　母亲您带着我们
刨出一嘟噜一嘟噜的块姜……
母亲将这些块姜
小心翼翼地晾干
然后放进菜坛腌制
开坛的时候　散发着浓浓的清香

每当我们不想吃饭时
母亲就搬出那个菜坛
告诉我们：开胃吧
快来拿几块洋姜……

2020年8月6日
于珞珈山

三伏天

母亲　我又想起乡下的三伏天
在生产队的日子里　简直就是在“炼狱”
越是天气炎热　越是劳动强度大增
“不插八一秧”这是自然规律
也是从上至下的铁律
为了减轻您的洗衣负担
我每天晚上收工的时候
首先跳进池塘
洗一个“池水浴”
然后搓一搓汗透的衣裤
将其挂上凉绳

但是　母亲
即使再晚再累
您也会拿走我的衣物
重新清洗干净……
“谁言寸草心　报得三春晖”
我的耳畔
又响起了古人的声音……

2020年8月8日
于珞珈山

做饭

母亲　您常说
穷人的孩子早当家
很小的时候
您就教我们烧火做饭

您告诉我如何做“焖锅饭”
淘米后　放上“一手背水”
即放的水与手背平齐
然后添柴烧水
当米煮到要熟未熟时
不再添柴了　焖一会儿
再添最后一把柴
饭就熟了　香了

第一次独自煮焖锅饭
谁知还是煮了一锅“夹生饭”
母亲教我：用筷子打上气孔
灌点水进去　再煮……
母亲从地里干活回来
看着我煮的米饭
乐不可支地夸我：
真棒　比我做得还香呢……

2020年8月8日
于珞珈山

锅巴

母亲　我又闻到了
焖锅饭的香味了
我吃完了焖锅饭
又对您说：妈　我想吃锅巴了

您就刮干净锅巴上的米饭
往灶膛添了一把柴火
等锅中烧热了的时候
往锅巴上浇一层菜油
再在锅巴上
撒上一些细盐

锅巴熟了
一个完整的大锅巴
就像一个大草帽
摆上了餐桌　冒着热气
我们一家人一哄而上
很快抢了个精光……

2020年8月9日
于珞珈山

稀饭

母亲　您为了让家里人吃得高兴
又做起了焖锅饭
我对您说：妈
我想吃锅巴稀饭

母亲　您笑了
您说　那有何难
您在焖饭时
舀出一碗米汤
吃完米饭之后
您又将米汤
将锅巴煮稠煮烂

锅巴稀饭香了
母亲笑说：吃吧吃吧　要想读书考试一百分
你就多吃两碗锅巴稀饭……

2020年8月9日
于珞珈山

辣椒

母亲　我记得父亲有道特别喜欢的菜
您从菜地里摘回厚肉的辣椒
切开　扒掉辣椒籽儿
撒上细盐　放进菜坛……

一天之后　您就拿出来
浇上香麻油　放上餐桌
父亲一边津津有味地吃着
一边唱着小曲……

我也忍不住了
夹起几片辣椒来
奇怪呢　没有一点辣味
又脆又香……

今年　我在楼下
种上了一些辣椒
多想还能闻到
家里的这种辣椒之香啊……

2020年8月9日
于珞珈山

南瓜饭

母亲　我又想吃您做的南瓜饭了
早上煮着稀饭　捞走锅中的米粒
中午切开一个大南瓜
放进油锅
撒上白盐
细细地翻炒……

然后倒进早上的米饭
在灶膛中添上柴草
不一会儿　锅中冒出了热气
饭香了　南瓜也熟了

母亲　您这时就会掀开锅盖
挥舞着锅铲
将锅中的米饭和南瓜
一起翻搅……

南瓜米饭做好了
红白相间　香气扑鼻
母亲　您这时会找来一个大碗
盛得满满的　首先让我吃饱……

2020年8月9日
于珞珈山

葫芦面汤

母亲　夏天的晚上
您在树下摆上一个竹床
竹床上的面盆中
散发着诱人的面条香……

您用从地里摘回的葫芦
切成细丝放进锅中熬汤
然后围上围裙
拿起家中那根圆滚滚的擀面杖

一把把的面条
一会儿就摆上了灶台
葫芦汤水快要烧开的时候
您揭开锅盖　将面条下汤……
没有吃过这种葫芦面汤的人
很难想象这种甜香
只有树梢上的月亮
不仅明白
而且恨不得从树上跳下来
和我们一起品尝……

2020年8月9日
于珞珈山

神仙汤

母亲　我们吃饭的时候
还有一道光景　让我难忘
吃完饭后
您走近小缸
舀出清水放进锅中
又将柴草添进灶膛

很快很快
水烧开了　冒着热气
您又抓起一把酸菜
放进锅中……

一会儿　餐桌上
一缸汤水惹得大家哄抢
母亲笑着说：喝吧喝吧
这叫“神仙汤”……

2020年8月9日
于珞珈山

好吃的红薯

走在繁华的大街上
看着熙熙攘攘的人流
有人推着小车和烤炉
叫卖着熟透的红薯……

母亲　您知道吗
红薯　那光溜溜的红薯
在儿子的心目中
可是一首永远唱不完的歌谣

三年困难时期包产到户时
农民迫不及待的首选产品
就是红薯　没种多久
土地就奉献出了
遍地翻滚的薯块
这可是及时雨一般的救命粮啊
吃过红薯的人就知道了
吃多了　难受极了
在那个日子里
我仍然记得
我只要拿起煮熟的红薯
就不想吃了
就不吃了
就哭了……

母亲您为了让我和一家人
吃下这救命的红薯
您将红薯切成薯丝
用辣椒清炒　做菜
您将红薯剁成薯丁
晒干　煮稀饭……
您将红薯切成薄片
晾干　用油炸……
您将红薯蒸熟
捣碎　做成红薯丸子……

无论怎么摆弄
那毕竟还是红薯啊
只要闻到那气味
就不想再吞咽了……

无奈　母亲您在餐后
往灶炉里扔进一个大红薯
下一餐生火做饭之前
从火炉灰中掏出
还是炉灰烘烤的好啊
熟透了　喷喷香……

2020年8月11日
于珞珈山

红果果

母亲　我走在校园的山坡上
看见了一棵构树
高高地伸向蓝天
枝头上挂满了
密密麻麻的红果果
像一个个小绣球　像一团团红火

母亲　我记起来了
您将我带到树下
摘下一片厚厚的树叶
让我看着看着……
一滴滴树汁
就像奶水一样
从树叶上渗出
白白的　浓浓的……

母亲　您告诉我
这是好的猪草
用它们喂猪
猪儿就会膘肥体壮……

母亲　您还从树上
摘下一颗红果
用手指拈起果丝

放进我的嘴里
那一缕缕的甜香
至今还在我的心头飘荡……

2020年8月11日
于珞珈山

家鸽

刘必胜老总回乡
给我带来几只烤鸽
我又想起了往事
想到了自己曾经铸成的大错

那一年
自己闯了一场大祸
千难万险盼来了高考
考上了却把机会错过

母亲和父亲怕我寻短
杀掉了家里仅有的那只家鸽
我至今还记得那碗鸽汤
摆放我的面前　我的泪水簌簌下落……

我觉得自己对不起千辛万苦的父母
盼星星盼月亮好不容易盼上儿子考上大学
谁知我自己以身试法
竟然铸下大错……

从此我下定决心
埋下头来苦读苦学
发誓要在来年重登榜首

要不然　对不起双亲的养育之恩
也对不起家中的那只家鸽……

2020年8月11日
于珞珈山

黄豆

母亲　您在自己地里种上黄豆
您将收获的黄豆
在锅中蒸熟
然后让它们长出白色的菌丝……
您将这些长出白毫的黄豆晾干
放进摊凉的开水
接着装进一个面盆
放在阳光下暴晒……

当盆中的霉豆子
出现了深褐色
您用一双竹筷
将它们不断地搅动……
不知晒了多少个白天
也不知晾了多少个黑夜
终于有一天　这些豆子变成甜酱了

母亲　您将它们装进酱坛酱缸
在需要的时候
您将它们摆上餐桌
使一家的日子
即使再艰苦

也能过得
有滋有味……

2020年8月11日
于珞珈山

随遇而安

母亲　您能告诉我吗?
为什么您生养了那么多孩子
吃尽了那么多的苦头
然而　您依然健康
依然幸福　依然长寿

莫不是因为您的爱心
莫不是因为您的坚韧
莫不是因为您的勤劳
莫不是因为您随遇而安的心境

您常常告诉我们
天塌下来有高个子顶着呢
除此之外　还有什么
大不了的事情……

2020年8月11日
于珞珈山

米酒

母亲　在农村的那些日子里
您常常想方设法
改善一家人的生活
您喜欢用家里存放的糯米
做成香甜的米酒
拿上早餐的饭桌……

糯米蒸熟了
您将它们摊凉
然后放进面盆
小心地撒上一层薄薄的酒曲

您用一块棉布
将面盆罩上
约摸两天之后
面盆中就渐渐地散发出了
一阵一阵的浓香
您掀开棉布
欣喜地告诉我们
你们看看　多香啊多香啊……

您会马上点起柴火
烧出一锅滚水来
放进这些酒酿

然后　拿来几个鸡蛋
敲破　倒进碗里
用筷子搅拌后冲进锅中
我们一家人的日子
就这样　有了甜美　有了浓香
有了幸福　有了快乐
有了永远难忘的时光……

2020年8月11日
于珞珈山

萝卜

母亲　我翻开日历
今天二〇二〇年八月十三日
再过十天　八月二十三日
就是处暑了……

每年到了这个时候
您就会告诉我们
处暑萝卜白露菜
该种萝卜了……

“萝卜小人参”
母亲对此深信不疑
每年自留地里总要种不少的萝卜
萝卜丰收的时候
母亲将它们切成萝卜丝
晒一晒
接着制成盐萝卜
一个一个的萝卜坛子
挨着站在厢房里
就像一排酒坛子……

为了改善我们的生活
母亲您常常在餐后

趁灶膛还有火星
撒上谷壳子
煨上一罐子萝卜
作为下一餐的美食
煨熟的土萝卜
味道就是不一样
掀开罐盖
满屋飘香……

那一年　母亲您在地里下足了底肥
满地的白萝卜
撑破了地面
昂扬向上……
谁知一个晚上
被人偷光……
母亲您气极了
拿着砧板　站在村口上
骂一声　剁一刀
引来不少人观望……

我们都劝您
您说　谁都别拦我
不剁　不骂
我心里憋得慌……

骂完了　骂够了
母亲您又开始忙碌了

小村子又恢复了平静
就像什么也没有发生一样……

2020年8月13日
于珞珈山

通往天堂的小路

母亲　告别您的时候
我又回顾这座荒山
满山都是杂树野草
渐渐地　您和父亲合墓的坟头
隐没在山风吹拂的荒野之中……

母亲　您是一个农民
您一辈子都没有走出
山下的这一个小村子
母亲　您是农民中最低层的农民
斗大的字认识不了一升
您却培养了一个博士儿子
用村里人的话来讲
汤太婆养出了一个“玉器”

我家门前的田野
有一条通向学堂的小路
小时候　母亲您每天
都看着我从这里走向学校……

有一年　我回到家里
当我走过那条小路时
路边有一位大叔告诉我
您想过没有　这可是一条引您

从地狱走进天堂的路哇……
是啊　没有这条求学之路
就没有我上大学之路
就没有我上大学的一切……
可是　母亲　儿子非常非常清楚
是您铺起了这样一条
让我走向人间天堂的道路
这条道路上的每一个地方
都洒满了您的心血和汗水……

母亲　正因为您用无边的大爱
培养了这个会读书写字的儿子
所以　他要用他自己独有的方式来纪念您
来歌颂您　来为您写出一部诗作……
他觉得　如果他不这样去做
他就对不住您这辈子的养育之恩……

2020年8月19日
于珞珈山

大甲鱼

回到老家
祭祀母亲归来
小妹送给我一只土甲鱼
夫人给我做成了美味
一杯小酒喝着
简直快成神仙了……

神仙缥缈
我又回到故乡的岁月
又回到了在母亲身边的日子
母亲　我又想您呐　很想很想……

那一天我们一伙光屁股的放牛娃
抛开了牛绳跳进河里
在河里摸鱼　摸呀摸呀
忽然手指猛然一动

我发现河泥中有一只大甲鱼了
河边是一棵老柳树
柳树的根须又密又长
大甲鱼钻进了树根深处……
我终于抓住大甲鱼的两条后腿了
我左手抓住左腿　右手抓住右腿
它往里钻　我往外拉

我俩开始了一场紧张的拔河赛

我最后咬着牙把它拔出来了
哎呀呀　所有小朋友都惊呼起来了
那只大甲鱼伸着又粗又长的大脖子
扭过头来咬我　无奈　它的脖子
即使伸得再长再长
也够不到我抓住它后腿的双手……

我两手抓住这只甲鱼
顾不上穿衣了
一口气跑回家里
母亲　您和父亲
看着这只大甲鱼
简直万分惊讶！
多想母亲您能做一锅甲鱼汤
让家里人都能品尝啊
可是父亲最后还是提到街上卖掉了
父亲回来说：六斤六两
母亲摸着我的头
不断安慰我　夸我
说我给家里做了大贡献了
并且让父亲给我买了两根棒棒糖……

母亲　直到今天
我还舍不得那只大甲鱼
那可是我见过的最大的甲鱼啊

只怪那时家境太贫寒
一家人无缘喝上那一顿大甲鱼汤……

2020年8月16日
于珞珈山

七七

母亲　今天是您去世第四十九天
按照乡下的规矩
这叫作“七七”
从“头七”到“七七”
这是第七次　连续不断的祭拜活动

我和夫人赶回老家
弟弟建刚和夫人也回来了
大妹秀芳和小妹菊芳
及小妹夫天洪也回来了
大家一起来到坟前
烧香放鞭炮　在母亲坟前磕头……

我绕坟三圈
点上一炷香
双膝着地　慢慢地
一磕头　二磕头　三磕头
母亲　从此之后
孩子们又要各奔东西了
我们只有每年的清明节
才能赶回来看您了……

母亲　您这一辈子
为我们累弯了腰　操碎了心

我们欠您太多太多了
耳边又响起了您那熟悉的声音
您仿佛又在笑着对我说：
水是往下流的……

母亲　您流给我们这些孩子的
不仅是水　而且是血啊
您为我们这一大家子人
耗尽了毕生的心血啊……

2020年8月18日
于珞珈山

平凡与伟大

母亲　您离我远了
我才深切地感受到
您离我那么近那么近
母亲　您活着的时候
我往往只看到了您的平凡
可是一旦您去世了
我才明白
母亲　原来您是那样伟大那样伟大

母亲　您就是我的天空
您就是我的大地
您就是我的山川
您就是我的原野
您就是我的故乡下叶塆
您就是我的下叶塆村前那条缓缓流淌的河流啊
您永远都在我的田野上
源源不尽地流淌……

2020年8月16日
于珞珈山

高脚白

母亲　每年的白露时节
您就告诉我们
这就是种白菜的日子
您在自留地
撒下一片种子
您说这是“矮子白”　吃新鲜菜的
您再撒下另一片种子
您说这是“高脚白”　腌老酸菜的

丰收的日子里
您将地里的“高脚白”砍下来
切成菜丝　晾干
撒上白盐和生姜
一把一把地搓揉
然后放进酸菜坛子
接下来几乎整整一个冬天
我们每餐都靠这些酸菜
下饭……

参加工作之后
日子逐渐好过了点
我们经常有机会在酒馆子里
品尝一道“酸菜鱼”的美味
每当这个时候

总会想起那些秋风中起舞的“高脚白”
和母亲那一排排老酸菜坛子……

2020年8月16日
于珞珈山

平淡生活

在母亲身边的日子虽苦　亦乐
您总是教导我们
平平日子淡淡过……
在那些平平淡淡的日子里
您总是想方设法用您的勤劳和智慧
让一家人的日子过得有滋有味……

到了冬天腌鱼腌肉的日子了
生产队里有几口大池塘
每年冬天总是请人抬来大渔网
捞上一些分给各家各户……

人们开始腌制了
鲤鱼　草鱼　青鱼　鳊鱼
全都挂上墙头
在寒风中和阳光下吹晒……

人们平时都舍不得吃呢
要到过年的时候
才会派上用场
我们天天盼着过年……

过年的时候
如果遇上不好的年景

母亲会告诉我们
摆上桌的腊鱼
那是看的　不是吃的
即使客人来了
瞧着这些“看点”
也会“心照不宣”……

2020年8月17日
于珞珈山

腊肉

母亲　秋天就要来了
秋天过后就是冬天
田野上的颜色很快很快
就会变成黄色了
枝头的落叶
一片一片地飘零

母亲　您腌制腊肉的时候到了
每一年您都要养上两头肥猪
一头让父亲牵到街上去卖掉
换成现钱家用

另一头自己杀掉过年
过年前杀猪也是一道风景
家里请来屠夫
也请来村里的一帮人帮忙
人们七手八脚地
把猪捆起来
抬到一扇门板上
门板下就是接猪血的大盆

每当这个时候
母亲　您就躲得远远的
一会儿　抹着自己的眼泪

因为您舍不得这头喂了一年的猪……

您将一条一条的猪肉
抹上细盐　放进瓦盆
几天后您将它们穿上细绳
挂在屋檐下的墙头
任寒风吹
任太阳晒……

您告诉我们
腊肉就是要在冬天腌制
要在太阳下多晒
愈晒愈亮　愈晒愈香……

每年过年的时候
您都挑选一条腊肉
扎上一条红纸条
摆上香案　祭祀

母亲　每当这时
您就显得特别庄严
我知道您是在祈求神灵
保佑家人平安……

2020年8月18日
于珞珈山

灿烂的笑容

母亲　自从我接到大学录取通知书
我看到门前的苦楝子树
才真正开出了　那一树淡紫色的花朵
门前的小河才唱起了欢乐的歌儿……

母亲　您额头上的皱纹
才渐渐地舒展开来
您终于挺起了
被生活压弯了的腰背
脸上露出了
灿烂的笑容……

因为母亲您知道
自己的儿子成为大学生了
因为母亲您知道
自己的儿子有出息了……
可是母亲　您知道吗
您的儿子
上的可不是一般大学
那可是全国的名牌大学啊
可是母亲　您知道吗
您的儿子
可不是一般的出息
他可是珞珈杰出学者啊

我每次想跟您“嘚瑟”一下时
您只是淡淡地一笑
您只是若无其事地说：
穷不倒志　富不癫狂……

2020年8月19日
于珞珈山

吃鱼

母亲　我记得有一天
我告诉您　我想吃鱼了
您从厨房找出一个簸箕
在簸箕里放进一些饭粒
然后用一块纱布蒙上
用剪刀在纱布上剪出一个小洞洞……

母亲您带着我
将簸箕放进门前的池塘
接着告诉我
待会再来吧……

过了一会儿
母亲您从池塘拿走了
那个捕鱼的簸箕
揭开纱布　哟嗬
一堆活蹦乱跳的小鱼
展现在我的眼前……

吃完这餐“鱼筵”
我又缠着母亲您
要您再去捕捞
母亲您告诉我
如果天天吃鱼

塘里就没有鱼了
这些道理当时并没有听懂
直到日后长大了　才渐渐明白……

2020年8月19日
于珞珈山

香樟树

母亲　秋天来了
秋天的夜晚
夜风吹过东湖
吹进珞珈山林　送来阵阵清凉……
我走在香樟树下
香樟树的枝头
树叶在夜风中丝丝作响……
母亲　看着珞珈山这些浓密的香樟
您的一句口头禅
在我的耳边回响

"不上樟树上柳树"
您在我每次受到挫折时
您总是这样启发我　教导我
让我不要"一根筋"　不要"死撞南墙"

后来我上了大学
并且走上了大学课堂
我常常用这句话教导我的学生们：
"不上樟树上柳树"
你们知道这句话在金融工程中的意义吗？
学生们愕然
我停顿了一下
告诉他们

这叫作路径选择
学生们豁然开朗……

2020年8月19日
于珞珈山

激励

母亲　我又走进了大学课堂
我又想起您来
我又想起您平时说的那些话
您说的话　看起来平淡无奇
仔细一想
意味深长……

您常常在我懈怠时
不断地激励我
“猴子不上树　多敲几下锣”

我在课堂上
又对学生们宣讲
俗话说得好啊
“猴子不上树　多敲几下锣”

对我们金融工程来说
既要组合拳　又要出重拳
而且要不断地出重拳
同学们听了
不仅懂了　而且笑声朗朗……

2020年8月20日
于珞珈山

大学的暑假

母亲　还记得吗
走进大学后的那个暑假
我照样回到家里
扛着锄头到地里种菜
打着赤脚到田里插秧
拿着冲担到田里挑草头

而有钱的同学呢
带着心爱的伴侣旅游去了
我没有钱　也不能向家里要钱
我上大学了　可是我时刻牢记着
我不仅是一个农民的儿子
而且是一个农民
我永远属于这片黄土地
我永远属于自己的母亲……

母亲　您盼着儿子放假回来
您早就站在村头等候着
就像盼着星星　盼着月亮……
您看着自己的儿子上了大学后
依然没有什么变化
还是像往常一样　吃苦耐劳
您悄悄地对父亲说：

我们的儿子没有忘本呢
人家都说
农村的孩子上了大学
一年土　二年洋　三年不认爹和娘
我们的儿子　还是那样　还是那样……

2020年8月20日
于珞珈山

老家

母亲　我记得大学毕业后
我很快就结婚了
结婚不久
我就带着媳妇
回到老家
看望您和父亲
并商量您和父亲
日后的安排……

大妹妹秀芳嫁到武汉了
小妹妹菊芳和丈夫在小镇开理发店了
弟弟建刚进城工作了
两位老人该怎么办?
一家人聚集在一起召开了一个家庭会议
商议的结果最后出来了……

您和父亲不愿意给孩子们添麻烦
坚持继续留在老家
我们在小院里打了一口水井
用这口水井浇灌小院的菜园子
我和夫人每月回来看望老人
并给老人送上一笔零用钱
其他的孩子们
在力所能及的情况下

各出其力
不做强求……

母亲　您和父亲
心中总是想着孩子们
不愿意连累大家
您总说：孩子们都忙着奔前程……
我们老了　但身体还硬朗
还可以自力更生……

母亲　后来父亲摔折了腿骨
不能动弹了
一直躺在床上
由您护理照料　直到去世……

父亲去世后
家里只剩您一人了
您仍然坚持留在家里
自己照料自己
我们商量后
由已经退休的大妹回家
与您朝夕相伴
相依为命……
母亲　您一辈子受苦受难
一把屎一把尿
拉扯我们这一群孩子长大
我们长大了
就像一群鸟儿

飞高了　飞远了
你却一辈子
不愿意拖累我们
一直替我们着想
坚守在这个小村……

母亲　回想起来
我们内心愧疚　为您做的太少了
您老人家山高水长
我们却对不起您的养育之恩……

2020年8月20日
于珞珈山

提醒

母亲　那一年
我们用自己多年的积蓄
在校外买了一间房子
谁知　您和父亲听到这个消息之后
竟然被吓坏了……

深夜　您催促着父亲
赶快给我打电话
电话传来了
父亲沉重的声音……

楚伢　父亲依然叫着我的小名
听说您在校外买了一套房子
我说：是啊
父亲接着说：伢嘞
做不得的呀！我和你妈养你不容易
好不容易盼到了如今的好日子
你可不要犯错误啊
我们家经不起这种折腾

我和夫人一听
简直笑翻了
原来两位老人以为我们贪污了
所以才有钱买房子

而且父亲告诉我
我们六指镇
有一个和我一起上大学的
由于犯了事刚进牢门

母亲　您和父亲
时刻都在提醒我们
踏踏实实做事
规规矩矩做人
正因为如此
我们牢牢记住　受益终身……

2020年8月20日
于珞珈山

警钟长鸣

母亲　在我参加工作后
曾经为村子里办了一件事情
为了帮助生产队抗旱
我帮大家筹到了一笔资金

生产队用这笔钱修了一个排灌站
放水的那一天　全塆几乎沸腾
哗啦啦的河水
爬上了山岗　流遍了全村……

我回到村里
心里十分高兴
母亲提醒我：做了就做了
别指望人家对你感恩
你现在有能力了
这是我们家做人的本分……
我抬起头来
深情地看着母亲
母亲　您这平实的话语
恰似警钟长鸣……

2020年8月23日
于珞珈山

饮水思源

母亲　正是由于您平时要求我们
饮水思源　人要学会感恩
因此参加工作后
我们总忘不了
回报社会
反哺农村

那一年　恰好与家乡的一位领导聚会
我想到了老家
每逢下雨　门前门后
村里村外　一片泥泞
我恳请他帮忙
改变一下这种情景
于是　我们的那个村子
便修通了公路
家家户户门前
铺上了水泥路面　方便人们出行……
后来弟弟建刚
也像我一样
回到老家任职
建设养育自己的农村……

母亲　您在我们的心里
平凡而又伟大

不仅吃苦耐劳　勤俭持家
而且深明大义　光彩照人……

2020年8月24日
于珞珈山

安全着陆

母亲　您老了　走了　走远了
我也老了　也到了快要退休的年龄
回想往事　总是感慨万千
心绪难平
我从一个农村的孩子
一个淳朴憨直的农民
来到大学留在城市工作
甚至走上领导岗位　时时让您担心
不仅要管好自己
而且还要领导别人……

几十年下来
我终于可以向您汇报了
我可以自豪地说
我就要安全着陆了……
为什么我能平安地走到今天?
我常常这样自问
难道不是因为
我和您　和父亲一样
出生卑微　九死一生
所以做人低调　一视同仁
不敢马虎任何一件事
不愿坑害任何一个人……

2020年8月24日
于珞珈山

长跑

母亲　您在世的时候
我总是想　等我退休了
就多多陪陪您　陪您多聊聊
有很多很多的事　都想向您汇报
可是母亲啊　没想到您忽然一下子
就这么走了　就这么走了

母亲　我又想起刚刚上大学的情景
经济系举办了一次运动会
我参加了长跑
没想到我的成绩
超过了我系的校运动员
后来　参加全校长跑比赛
万米长跑　我获得了第三名……

所有的人都感到奇怪
我没有受过专门训练
为什么能够跑下一万米
而且还能不断超过别人?

母亲　只有您知道
读中学的时候
您的儿子每天都在路上
一路狂奔

为的就是放学之后
抢点时间　砍柴
到自留地锄草
或是帮父亲挑粪……

穷人的孩子早当家
没想到　这种日复一日的磨练
不仅使我参加了大学的运动会
而且在人生的长跑路上　受益不尽……

2020年8月24日
于珞珈山

故乡

母亲　您知道吗
上大学是我人生中一个最重要的里程碑
上大学之后我留校当老师了
留校之后我又出国深造了
母亲　您知道吗
我出国深造的第一个大学
那可是世界名校
我在那里学到了
当时世界上
最先进的金融工程

我当时一个人出国
在那里　十月份就进入了寒冬
我们一边在果园采摘着水果
一边看着天空飘落着的雪花

我记得那是一个隆冬的深夜
在伊萨卡这个偏僻的小镇
我们在同一个公寓住的三个中国人
上完超市后看卡尤加湖
看湖边在寒风中摇曳的垂柳
看枝头上那一轮明月
照耀着大地
一湖冰雪透亮晶莹

母亲　我们每一个人都不吭声
我们想家了　想家乡的明月了
想明月下的小村子了
想门前的那棵苦楝子树了
想树下的母亲了
想着母亲正站在树下
盼望着自己的儿子
快快学成归来

母亲　我听见了
您在门前深情地呼唤
归去来兮　那里有我广阔的原野
那里有我清澈的小河
那里有我炊烟袅袅的村庄
那里有我的故乡亲人
那里有我年迈的母亲
那一双望穿秋水的眼睛

归去来兮　胡不归?
月是故乡明　月是故乡明

2020年8月27日
于珞珈山

出国

母亲　我要出国了
我要出国求学了
我要到美国
并且要到康奈尔大学
学习深造了
听到这个消息　一家人简直乐坏了

我去美国
本来是去学习国际金融
可是在美国我看见了一个新兴的学科
金融工程正在崛起
母亲　我再三考虑
最后毅然决然
选择了学习金融工程
我要将这个专业带回自己的祖国

母亲　真没想到
这次出国的这个选择
居然奠定了
我这一辈子
在学术领域
一个新的研究方向

2020年8月28日
于珞珈山

东方芝加哥

母亲　我在美国待了近一年了
我快要回国了
我跟中国纽约大使馆联系
希望能让我从芝加哥回国
大使馆不仅同意了
而且让我先到芝加哥
再从洛杉矶乘飞机回国
为的是方便　我将这两个地方
仔仔细细地考察
考察也是学习啊

我在回国之前
为什么要去芝加哥?
因为我们的武汉市
被称为“东方芝加哥”
为了将武汉市打造成“东方芝加哥”
我们付出了多少努力啊
一次又一次地冲锋陷阵
一次又一次地遭受挫折

芝加哥
我来了　我终于来了
我在这里看到了广阔的原野
看到了大海一般的湖水

看到了夕阳下的农机灌溉
正喷着一排接着一排的水花
天空中形成了
一道又一道彩虹

我在芝加哥
看到了期货市场
看到了人们将理想
铸造成现实的能力

母亲　儿子站在那块土地上
暗暗发誓　回国去吧
回到我的那座城市
我定要将她铸造成真正的“东方芝加哥”

2020年8月29日
于珞珈山

期货交易

母亲　我记得快要回国之前
我先到了芝加哥
在那里我参观了期货交易所
在期货交易所里
我特意
去看货币期货交易

每一种自由兑换的货币
都在那里对美元交易
每一种交易货币的位置
都挂着一面国旗

我在这堆国旗中找寻找寻
找寻遍了　怎么也找寻不到
我们的五星红旗
原来我们的人民币　还不是可兑换货币

作为一个金融专业的学者
我深深地懂得
我们的国家在经济上
离那些发达国家还有着巨大的差距

母亲　这是一九九七年的一天
您的儿子我站在那里

他的心里面在说：
等着吧　总有一天
我们的五星红旗
会在这里高高升起
不仅如此
我们还要让国际金融期货交易市场
在中国落地

2020年8月30日
于珞珈山

个体户

母亲　您过去做梦也不会想到吧
儿子不仅上了大学　而且做了大学老师
不仅做了大学老师　而且出国了
不仅出国了　而且到了国际名校

母亲　我在那里
不仅学到了专业知识
而且几乎走遍了全美
在那里进行深入的调研与考察

有一天　我走进了一家农场
那一家农场其实就是一个“个体户”
一家两口子
自己打理着一块土地

地里的麦子快要成熟了
田间翻滚着麦浪
眼前的那一块麦子
不用担心卖不出好价钱
因为它们的价格
早就上了期货市场

母亲　期货市场就是我的专业领域
由于有了这个市场

这里的农场主
就可以一心地种植
而不是去操心销售了

母亲　我站在那块麦田
想到了我的祖国　想到了下叶塆
那个生我养我的地方
我们农户规模太小了
我们的“个体户”
哪有能力去上期货市场呀

母亲　我的眼前忽然一亮
我想到了一个办法
我们能不能将这些“农户”组织起来呢
我们如果办成“企业”
用“企业”这个“火车头”
去带动这一节一节的“车厢”
我们的期货市场不就活起来了吗?
我们的“分散化”困难不就迎刃而解了吗?
母亲　我站在那里
看着天空中飘荡的白云
我对自己说　很快很快
我就会像这片云彩一样
飘回我的祖国了
我要快快回到家乡
将这里的情形和想法
告诉我的弟子们

并和他们一起
将这些想法变成现实

2020年8月31日
于广西南宁

第四章

畅想

钓鱼

母亲　我在美国的时候
去到了一个叫作伊萨卡的地方
那是美国康奈尔大学的所在地
我在那里一待就是一年的时光

有一次　我去看中国人钓鱼
人们在那里钓鱼
根本不用鱼饵
只是在鱼线上
系上一串鱼钩
看见鱼儿在水中游动
将鱼钩朝鱼群中一甩下去
就可以将一条鱼儿钓上

但是不一会儿
就有一个美国小男孩跑来
他看了一会儿就跑走了
接下来他将自己的父亲拉来了
父亲说：孩子告诉我
你们把鱼放进桶里
桶里没放水　鱼儿难受极了

我在想
小男孩和他的父亲

大概不知道
我们钓起这些鱼来
不是为了好玩　而是要做菜的
如果知道了　他们该作何感想

这里的人们钓鱼是消磨时光
钓起来了又放进水里让它游走
而我们钓鱼不仅是休闲
而且也是为了生计

2020年9月1日
于广西南宁

竞争

母亲　在美国大学的那些时光
我把时间抓得很紧很紧
每天早出晚归
中午带上盒饭

我常常在累了的时候
一个人到校园散步
坐在草坪上
看着可爱的松鼠
捧着一个大橡果子
一个劲儿地咬着

我记得那一天
一个和我年纪差不多的教授
在课堂上给博士们上课
我基本上听不懂
可是我还是坚持听下去了
并且十分认真地做着笔记

望着他我在想：
我这辈子没有您那么幸运
您可以从小到大一个劲儿地读您想读的书
做您想做的学问
而在您读书的时候

我却在“农业学大寨”
所以今天我来这里
主要是向您学习
可是我可以把您讲的都记下来
带回家去教给我们的学生
让他们和您教的学生们
一起竞争呢

母亲　回国后
我真的做到这一点了
我在武汉大学带头干起了金融工程
我的学生们
真的真的
可以和那个教授的学生们竞争　一比高低

2020年9月2日
于广西南宁

温斯顿考特的森林

母亲　我一个人来到康奈尔大学
我住在郊外的一个叫温斯顿考特的地方
我的房子附近是一座森林
屋前屋后经常有成群结队的野鹿出现

母亲　您简直难以相信
这里的环境要多美有多美
春天的时候　林子里开满了野花
树下的草地上长满了奇形怪状的野蘑菇

大大小小的乌龟
时不时爬上林间的小路
小松鼠时不时地
在林中发出吱吱的叫声

这里的人们绝不会去伤害这些小动物
即使汽车在夜间撞死了野鹿
绝不会有人捡起来
扛回家去红烧

有一次我亲眼看见
有一群人和许多的小汽车
全堵在一个十字路口
原来有一只大乌龟

正昂首挺腿
在路上慢吞吞地爬着

母亲　我们这一辈子
很长一段时间都在经历着饥饿
而这里的人们很早就解决了温饱问题
饱着肚子和饿着肚子的相比
在很多很多地方
都不一样啊

2020年9月3日
于广西玉林博白

美国朋友

母亲　我第二次出国
那是在二〇〇〇年
在那个雪花飞舞的冬天
一个美国朋友带我参观他的庄园

他在那个山坡上
买了一块山林
他在林中盖起一座别墅
并且在房前屋后
种上一棵苹果树
树林子里时不时可以看见
野鹿的身影

尽管飘着雪花
枝头上仍然挂着苹果
他搬来一个梯子
带我摘下一筐熟透的果子
放进家里的榨果机
一会儿便汩汩流出香甜的果汁

他一边给我倒上
一杯鲜榨的饮品
一边给我讲述
他自己的人生经历

夜风吹来的时候
他用自己砍下的树枝
给我生起了炉火
怕我冻着
他在我的床上
铺上了一条宽厚的电热毯子

母亲　您相信吗?
我在美国这块陌生的土地上
常常遇到一些热心的朋友
我常常在他们身上
切身地体会到
人性的质朴与善良

2020年9月4日
于广西博白

石头山

母亲　二〇〇〇年
我在亚特兰大学习
一个周末邀着一群中国的学生
去一个叫作“石头山”的地方郊游
说起来好笑呢　那石头山
名副其实就是一个光溜溜的巨大石头
远远看去
活像一个硕大无比的馒头

这个馒头并不能咬吃
人们在石壁上凿出一条山路
让人们爬上山顶
体验汗流浃背的旅游

夜幕降临的时候
人们在山下吃着喝着
坐在草地上
看着映射在石壁上的激光秀

母亲　在那个月光皎洁的夜晚
望着眼前的这块“大石头”
和石头下五彩缤纷的激光秀
我深深地体会到了什么叫作“无中生有”

2020年9月5日
于珞珈山

钓鱼

母亲　那是二〇〇〇年
在那个秋季
我又去了美国
去那个叫作亚特兰大的地方

在一块丛林深处
人们在山沟里筑起了
一座水坝形成了一座人工湖
宁静的湖水在蓝天白云下荡漾

一群大雁飞来了　大雁不愿再飞走了
便在那里开始筑巢产卵
它们不仅在那孵出了小雁
而且将那变成了永久的家乡

那一天　我发现有一个中国老人
在那里聚精会神垂钓
于是我凑了上去
虚心地向他请教

他告诉我他的孩子在这里读书
他来这里是为了照料他
这里的水中有一种野鱼
他钓一钓　纯粹为了解闷逍遥

我告诉他我认识这种野鱼
在我们老家
我们称为黄鳝鱼
湖南称之为黄鸭叫

我帮他又在鱼钩上挂上饵料
不一会儿钓上了一条又一条
一个下午我帮他钓满了一个面盆
他将面盆的鱼儿全送给了我　他一条也不要

晚上我请来了一群中国留学生
大家拿出看家的厨艺
还有湖北的豆豉
加上四川的花椒、湖南的辣椒

一大盆热气腾腾的鲜鱼
很快就被我们做好
母亲　在这异国他乡的丛林之夜
我们忘掉了艰辛的求学之旅
忘掉了远离家乡的孤寂
也忘掉了渴望和思念亲人的烦恼

2020年9月6日
于珞珈山

野柿子

母亲　您看又一个秋天来了
秋天刚来　吹起了凉爽的秋风
白杨树的叶子开始泛黄了
我忆起了在亚特兰大的那个秋天

每天拖着饥饿又疲倦的身子
从郊外的地铁站口归来
晚饭后一个人在秋天的野外散步
秋风吹过林子沙沙作响

眼前　脚下是掉下来的熟透的野柿子
一只麻雀还将另一颗野柿子啄落
一边叫着一边看着我
生怕我和它来抢夺这枝头的野果

母亲　我在这棵野柿子树下
久久地站着　凝望着　回忆着
我根本不去理会
那只鸟儿不断的鸣叫声

我看着母亲又站在屋后的小院
叫人帮着摘下院中的柿子
那丰硕的果实压弯了枝头
在秋风中露出了红红的笑脸

母亲　您将这些存放起来
让它们渐渐地熟透
然后让父亲打电话
告诉远方的孩子们
家里的柿子熟了
是否能够早点回来品尝

我们回家的时候
岂止是品尝
每人可以带走
满满一小筐

母亲　看着眼前的这一地烂柿子
我弯腰拾起一颗刚刚落下的果子
尝了一下　又苦又涩

母亲　我喃喃自语
还是自家的好啊
又红又甜又香

2020年9月7日
于珞珈山

母鸡和小鸡

母亲　二〇〇〇年秋天
在亚特兰大的一块丛林之中
我租用了一间小房
房间坐落在山坡之上

第二年春天的一天
我拉开房前门窗
楼下的草坪之中

一排排樱花盛开了
一簇簇的花朵正在枝头绽放
一个个身着泳装的女士
正在池中游泳　或在池边仰躺

我赶紧把门窗关上
闭着双眼遐想
母亲　我又想起了老家门前
一棵高大的苦楝子树
枝头开满了淡紫色的小花
快活的小鸟还在枝头歌唱

母亲　我看见您走来
手中拿着一瓢谷米
口中不停地叫唤着

“鸡喽喽喽　鸡喽喽喽”
一只母鸡摇摇摆摆地走来了
一群小鸡忽前忽后
蹦蹦跳跳
跟在母鸡身旁

母亲　您就像那只母鸡
我们就是那群小鸡
您用您的翅膀
温暖着我们
呵护着我们
照顾着我们
哺育着我们

2020年9月8日
于珞珈山

晚霞

母亲　二〇〇〇年的秋天
我又一次去到了美国
我这一次选择了美国的南部
一个叫作亚特兰大的地方
每天傍晚
我一个人拖着疲惫的身体
回到“林中湖”
我租用的那间小房

晚饭后
我独自一人走进森林
站在一座高坡之上
看着西天的落日
和日落后的晚霞
和晚霞中闪射着的那一片霞光

有一天傍晚
我终于发现了
一个有趣的现象
原来天空中
没有两块一样的晚霞
而且每天的晚霞
都和前一天不一样

母亲　我每天都站在那座山坡之上
痴痴地遐想
我想象着夕阳西下的那里
就是天边无际的海洋
而大海的那一边
就是我的祖国　就是我的家乡

母亲　我这里正是黄昏
而您那里大概正是早晨
家中的大公鸡也许正站在门前的栅栏
迎着初升的太阳歌唱

母亲　我这里的晚霞就是您那里的朝霞
母亲　您在儿子的心目之中
您就是我这里的晚霞　您也是您那里的朝霞
此时此刻　您站在遥远的家乡
您正在老屋的门前　您正在微笑着
您的周身正闪射着万道霞光

2020年9月9日
于珞珈山

爷爷

母亲　在亚特兰大的那些日子
我几乎抛开了所有人际之间的交往
一个人静静地待在“林中湖”
与那些湖边的大雁为伍

每天从校园归来
静静地在床上躺一会儿
想象着自己就是空中的一块云朵
在这里悠悠地飘荡着

渐渐地好像云朵也不存在了
自己就像轻轻的风儿了
渐渐地连风儿都感觉不到了
我的一切都融入天空和大地了

母亲　您还记得爷爷在世的时候吗
他会中医　也会堪舆
经常拿着那个罗盘
这里测测那里量量
皱着眉头
给人家看墓地

大家都很难理解他
到了“文化大革命”

他简直成了“坏分子”了
挨斗挨批甚至遭到家人抛弃

母亲　现在回想起来
爷爷有他自己的道理
我此时在这异国他乡
忽然明白了　大家对不起他

母亲　爷爷走得太早
只活了六十来岁
等到我长大了
他已经老了走了
如今我只有一个感觉
没赶上向他请教
他的那些文化遗产
随他消逝了　可惜呀可惜

母亲　我学着爷爷的样子
进入“禅意”了
我又感觉自己就像一个婴儿
静静地躺在您的腹中
渐渐地进入了一种状态
这种状态美妙无比

2020年9月10日
于珞珈山

《易经》

母亲　我到亚特兰大的时候
随身带了一本《周易》
在那儿的日子里
每天都看一看

后来碰上一个华人教授
想不到他对这本书有兴趣
我将这本书送给他
他兴奋无比

有一天他找到我说：
老叶《易经》有理有理
我用它给一个美国佬算命
让他们一家恢复了一团和气

原来那个美国佬
总在家里扯皮
惹得他的夫人
老是对他大发脾气

我向那位美国佬
掏出一枚硬币
让他抛了六次
形成了那么一卦

然后翻开书本
告诉那个家伙：
您看看　您看看
书上说了
对您的夫人
要相敬如宾　客客气气

那位美国佬走了
过了一段时间
他又回来了
他兴奋地说：
你们中国的《易经》
真是神奇
夫人说我简直换了一个人
她对我每天脸上露出的笑容
感到十二分的诧异

2020年9月11日
于珞珈山

不平衡理论

母亲　在亚特兰大的那些日子里
我静静地待着　静静地看着书
静静地思考着

太阳下大海边
在这块广袤的原野
有一个强大的美国

风水会轮流转吗?
我想起了中国的一个古老问题
我不停地思考着

母亲　我又想起了
您告诉我的一句俗语
“富不过三代”

母亲　我又想起了
中国《易经》中的哲理
物极必反

母亲　如果您说的没错
如果《易经》说的有道理
那些风水就一定会轮流转的
这叫作国家发展“不平衡理论”

您常常告诉我们：做人不可霸道
做国家呢?不也是这样吗?

当一个国家强大到无可制约时
恐怕就是这个国家该走下坡路了
后来的“九一一”再后来的国际金融危机

母亲　这些历史的事情
似乎都在反复印证着
您说的那些朴素道理

2020年9月12日
于吉林省吉林市

回家

母亲　亚特兰大的秋天来了
树上的枫叶红了
秋天很快就要过去
秋风吹落了枝头上最后的一片红叶

我收拾着自己的行装
我要回国了
“儿不嫌母丑　狗不怨家贫”
我又想起了母亲您的教诲

“白日放歌须纵酒　青春作伴好还乡”
我在美国求学呢　哪有酒喝
不怕您笑话　母亲　我在这也只是“温饱”

没有酒　有歌呢
没有酒　有书呢
没有酒　有青春呢
没有酒　一样可以“漫卷诗书喜欲狂”呢

母亲　我看见您了
我看见您听说我快要回来了
正天天站在村口的苦楝子树下
朝着我回家的那条山路盼望着

2020年9月13日
于黑龙江省五常市

好运气

母亲　您这一辈子
做梦也不会想到吧
您的那个“丑儿子”
居然会有那么好那么好的运气

他经历着千辛万苦
终于有一天　赶上了中国的改革开放
国家恢复了高考
他不仅上了大学　而且上了武汉大学

他不仅上了武汉大学
而且留校任教
他不仅留校任教
而且后来攻硕攻博
在中国这块大地上
他师从最卓越的恩师

而且居然出国了　居然到了美国
居然到了世界名校
居然学到世界上最先进的金融工程
居然回到中国　有机会倡导金融工程

母亲　您经常教导我们
“吃水不忘挖井人

做人要懂得感恩”
母亲　我懂　您就是希望我们
要像大地上的庄稼一样
既然得到了大地的滋养
就要在秋风吹过的时候
捧出沉甸甸的果实
回报这块深厚的大地
和大地上与自己休戚与共的人们

2020年9月14日
于珞珈山

丑儿子

母亲　您的“丑儿子”又一次出国
并且又一次回国了
“丑儿子”又一次从国外
学到了真正的本领

第一次回国
他带回了一个新兴的专业
叫作“金融工程”
并且让这个专业
在中国的大地上
落地生根

第二次回国
他带回来一个又一个崭新的概念
叫作“经济资本”
并且让这个概念
在中国的大江南北
造福人们

然而　母亲
您的“丑儿子”
并没有就这样满足
他又带着自己的弟子
在中国经济学领域
大胆地创新

和自己的弟子们一起
在期刊上发表了重要的论文
他把自己开拓的这个研究领域
叫作宏观金融工程

母亲　我这样对您说
估计您仍然弄不清
您的“丑儿子”在中国的大学里
到底在捣鼓什么事情

母亲　这样说吧
您的“丑儿子”
看到那些外国人
做出了一个蛋糕
然后这一群人
瞪大着眼睛
围绕着这个美味的蛋糕
将它私分

您的“丑儿子”回到国内
做出一个更大更美味的蛋糕
并且将这个巨大的蛋糕
切分给中国大地上
每一个每一个
需要蛋糕的人们

2020年9月15日
于黑龙江省五常市

改革开放

母亲　我又想起了
改革开放初期
那个火红的时代
村里开始实行家庭联产承包制
农民可以自由地
到城里打工谋生了

一九八三年的夏天
我留在武汉大学任教
那一天　我让父亲将您接到学校
一家人高高兴兴地
团聚在我的新居
武汉大学二区十四号

我开始劝说父亲
希望他重操旧业
在老家的小镇上
摆个小摊摊
做一点小生意
他赚的每一分钱
我们分文不要
而且我和夫人商量好了
我们现在都有工作
每个月都拿出工资的一部分

作为“退休金”
补助二老

父亲有畏难情绪
害怕政策像以前一样
把做生意当作资本主义尾巴
又被拿起刀子割掉

我是学经济学的
当然理解父亲的担心与烦恼
可是时代毕竟变了
中国迎来了改革开放的大潮

我左劝说右劝说
父亲依然低着头吃饭
想着他的心事
不愿听从我的劝告

我最后实在忍不住了
撂下碗筷发了一通牢骚：
守着的钱您都不想赚了
我不说了　算了算了

母亲　您看着我居然对父亲
胆敢大发脾气
您也气了：翅膀硬了
你如今可以对你父亲发火了
你走你的阳关道

我们过我们的独木桥

说完　您撂下了碗筷
拉着父亲的手说：
我们走吧　回家去了
不吃他的这顿臭饭了！

还是夫人把您拉住
您才重新坐下来了
还是您做通了父亲的思想工作
让父亲做起小生意
当父亲到汉口采购货物时
您就代替父亲将这个小摊精心照料

没有多久
二老的家用就宽裕多了
母亲在家里喂猪种菜
父亲在镇上摆摊叫卖
父亲每天晚上回家
母亲您就做上几道好菜
让他一边喝着小酒
一边感叹着：现在的政策真好真好……
母亲　您心里当然明白
儿子在大学当老师
父亲在街上做生意
家里的家用也有了
名声也有了
这小日子

沾了政策的光
越过越好了……

母亲　每当这时
您就陪着父亲
瞧着他喝酒的样子
掩饰不住内心深处的幸福和欢笑……

2020年9月16日
于珞珈山

争光

母亲　您这一辈
没有白养您的这个“丑儿子”
他第一次出国
学回了康奈尔的金融工程
他第二次出国
捧回了亚特兰大的经济资本
第三次他带着他的弟子们
到美国交流　告诉美国人
有一种东西叫作“宏观金融工程”
那是国际金融危机的“克星”……

母亲　您的“丑儿子”
总想着要为您争光
他不仅向外国人虚心学习
而且暗暗发誓：
我们自己做出的学问
比外国人还要“狠”……
于是您的“丑儿子”
不仅学到了宏观金融工程
而且把这种学问
不仅运用到了城市的高楼大厦
而且贡献到了乡村的深山老林

母亲　您的“丑儿子”

多想能够重新回到
您那温暖的怀抱　躺在您的身旁
向您慢慢地汇报
细细地陈述

2020年9月17日
于珞珈山

报答

母亲　窗外正下着凉凉的秋雨
我又从床上爬起来
打开案前的台灯
呆呆地坐着　回想着
母亲您在雨天里　一边纳着鞋底
一边同我们聊天的情景

我又开始向母亲您汇报了
我向您汇报着
我如何带着自己的弟子们
走向农村　走进深山老林……

母亲　那一年
我带着弟子们
到一个山区调研
夜晚　我抬头看着
山顶那一轮皎洁的月亮
和月亮下面　那些破旧的房影
这里的山民们
守住了这里美丽的景色
可是他们的日子
却过得依然吃紧

母亲　您的“丑儿子”

暗暗下定决心
一定要在中国的农村
用自己的智慧和专业
去报答您和这片土地
对自己的养育之恩……

2020年9月17日
于珞珈山

大乌龟

母亲　晚饭后
我和夫人一起
像往常一样
看完了电视去校园散步
秋夜的雨　冷冷地下着
秋夜的风　凉凉地吹着
我俩穿过山坡上的樱花树林
不一会儿就来到了校园中央的鉴湖
在鉴湖边我又想起一段往事
那一年您的孙子考上了大学
为了这件天大的喜事
您让我们的小妹妹菊芳
买了一只养殖场的大乌龟
要我们聚餐庆祝……
我在您的孙子上学的前一天晚上
带着他来到这个湖边
我拿出您给他送来的大乌龟
和他一起在这里站住

我在这里告诉您的孙子：
从此你就像这个乌龟
离开我们就意味着长大了
就要自己去经风雨见世面了
奶奶和家人的期待

相信你一定不会辜负

说完这话
我们就在这里放龟入湖
那只乌龟在水中望着我们
久久不愿离去……

母亲　如今您的孙子也长大了
他现在成为两个女儿的父亲了
他就像我们家里的每一个成员一样
心地善良　古道热肠

我和夫人今夜站在池边
回想着这段往事
我们的双眼
在池中的荷叶下
不断地寻找着
那只已经野化的乌龟
已经不知在哪

2020年9月18日
于珞珈山

回到黄陂

母亲　二〇一八年底的一天
您的小儿子叶建刚
从他工作的中国银行
打来了电话　询问我
组织上希望他回黄陂任职　行吗？
担任分管金融的副区长
我极力怂恿他：回去吧
因为那是我们的家乡
你回家去任副区长
我也回黄陂去
在那里实施金融工程升级行动
并以那里作为基地和榜样

建刚高兴地说：
那好　我回家干两年
这两年　您和您的研究团队
在那里所做的一切　一律不收费……
好啊　一言为定！
母亲　您的两个儿子
就这样又回到了家乡
又回到了您的身旁
我俩相互勉励
高高兴兴地回去　高高兴兴地归来
我俩回到黄陂　除了帮忙　还是帮忙……

母亲　黄陂区的人们都在说
您养了两个好儿子
不仅孝顺父母　而且热爱家乡
母亲　您和父亲在九泉之下
如果能够听到这些
该会感到多么欣慰　该会感到多么荣光……

2020年9月19日
于珞珈山

平常人

母亲　窗外的秋雨
又在淅淅沥沥地下着
您的“丑儿子”
又开始趴在案头写您……

您去世的时候
我工作过的单位
几乎所有的老师
都表示了悼念

母亲　您可要知道
我可是已经从岗位上退下来的人哪
但是这些昔日朝夕相伴的同事们
都对我们一家子　表达了深深的安慰

母亲　这都得益于
您和父亲　对“丑儿子”的教诲
在您和父亲身上
像太阳一样
永远都在闪耀着
善良和勤劳的光辉……

您的“丑儿子”
一辈子受益无穷

正因为如此
儿子的一辈子
像您们一样
平常人　平常心
勤奋而又低调
“夹着尾巴”做人……

2020年9月20日
于珞珈山

言传身教

母亲　一阵秋风吹来
将秋天几乎送进冬天
窗外的雨仍在下着
我在身上裹起了一件夹衣

母亲　生我养我的是您和父亲
教我育我的是学校是老师
我这一辈子真是幸运极了
上了武汉大学之后
又师从李崇淮先生
后又师从谭崇台先生

在李先生那里
我攻读国际金融硕士
在谭先生那里
我又修完西方经济学博士
后来又到美国
带回了金融工程
在中国的这片土地
第一次创办了金融工程专业

母亲　再后来
我将我学到的这些知识
全部放在一起

就像熬煮一锅“八宝粥”
整出了一门新的学问
叫作宏观金融工程

母亲　这些恩师们
不仅具有一流的学问
而且具有崇高的人格
这些都让我受益终生……
母亲　正因为这些老师们的言传身教
使我耳濡目染
您的“丑儿子”
才会铭记教导
孜孜不倦
谦虚谨慎

2020年9月21日
于珞珈山

通山

母亲　那山顶上的夜月
让我不仅看见了
山区美丽的夜色
而且让我看到了
月色里破旧的村庄

母亲　您的“丑儿子”
翻来覆去睡不着了
为什么不用自己的专业
去将这些美丽的景色
化作资源
去造福这些守护在这里的人们呢？

母亲　您的“丑儿子”
决定带着他的研究团队
到山区去“安营扎寨”
打造“县域金融工程”了
他选了一个叫作“通山”的地方
那个县长告诉我们
为什么这里叫作“通山”
那意思嘛　无非“通通是山”

母亲　也许您会问
为什么你们要选择一个“县城”

因为能够做好一个县
就有可能做好所有的县
并且 能让中国所有的贫困县
都有可能脱贫……

母亲 也许您还会问
为什么你们会选择一个贫困县呢？
因为连贫困县都能做好
那些更好的县
不就更容易做成了吗？

母亲 也许您最后还会发问
为什么你们偏偏就选定了
那个叫作“通山”的地方呢
难道其他的地方就无可能？

母亲 我告诉您
那个县的县长叫作胡娟
她的姐姐胡燕
曾经是我的博士研究生
母亲 正如您所说
这个世上的很多事情
不能强求
说到底需要“缘份”……

2020年9月22日
于珞珈山

突破性进展

母亲　在昨晚的饭局上
我又见到了胡娟
我举起手中的酒杯
感谢她在通山县的贡献

母亲　正是她当年的认同与支持
所以我们的县域金融工程
能够在这个贫困的山区
取得了突破性的进展

不到两年的时间
我们增加了数十亿的贷款
我们将十五家企业
股份制改造　并将融资渠道拓宽

我们让这个县的GDP
以20%以上的速度增长
我们让这个贫困县的排名
一下子冲向先进前沿

我再一次举起酒杯
感谢这位通山的前县长
正是因为她在那里
和我们的研究团队一起

在那里勇于创新
使中国的大地上　终于有了
县域金融工程
前所未有的1.0版本……

母亲　您常常教导我们
做人要懂得感恩
不仅要懂得感恩
而且“滴水之恩”
要尽量“涌泉相报”
母亲　听到这些
您或会露出脸上的笑容了吧
母亲　您的“丑儿子”
将您的这些教诲
时时刻刻　牢记在心

2020年9月23日
于珞珈山

号角响起

母亲　二〇一三年
我们经济系八三届
回武汉大学聚会
我们邀请到了
曾经住在我们同一栋宿舍的校友
黄冈市市长陈安丽……

在大家夜游长江的时候
我告诉她　我们正在通山
实施金融工程
并且已经取得了
很显著的成绩

我希望她领导下的黄冈
能够更上一层楼
与武汉大学合作
将金融工程提档升级

真没想到
这位校友听进去了
她找到通山县的县长胡娟
向她了解通山的底细

胡娟告诉她

此举并无风险
且可以解决
脱贫中存在的融资问题……

陈安丽市长下定决心了
市域金融工程的号角
在这个中国最大的贫困地区
十分嘹亮地响起……

母亲　从此
您那“丑儿子”又有了
一部新的作品
写在中国的大地上……

2020年9月24日
于珞珈山

大别山

母亲　在二〇一四年的春天
黄冈市吹响了大别山金融工程的号角
大别山是中国最大的贫困片区
大别山金融工程的推进
就是在向中国的贫困化宣战

母亲　您的“丑儿子”从记忆开始时
就面临着贫困
贫困　无数人的贫困　就是他的敌人

在大别山金融工程中
您的“丑儿子”
并非一个人孤立作战
这是一次全体动员的战争

母亲　也许您会发问
你用的什么办法？
怎么能够让那里的人们
摆脱长期存在的贫困？
母亲　儿子的武器
叫作金融工程
金融工程使用的招数
每一招都可以落地生根

第一招：市县互动

第二招：金融中心
第三招：产业金融工程
第四招：金融机构创新

母亲　除了这些招数之外
就是您的“丑儿子”
那十八头牛都拉不回来的
坚强决心……

在一次市的动员大会上
您的儿子激动地说：
我们在市委　市政府的领导下
一定会打赢这场战争
如果三年之后
这项工程进展不顺利
我就让团队的成员回校
告诉武汉大学的领导

叶永刚没有很好地完成任务
他不愿回来了　一头撞在大别山顶……
母亲您听了儿子这话
您可能会吓得胆战心惊
母亲　您就放心吧
儿子说这话的时候
已经胸有成竹
具备百分之二百的信心

2020年9月25日
于珞珈山

母亲的安慰

母亲　早晨醒来
我又开始坐在案前
向您倾诉了
我又想起了一件件往事

母亲　您的“丑儿子”
从一个乡下的苦孩子
到如今成为
中国高校一个孜孜不倦的教授
这其中经受的艰难困苦
别人是很难想象的……

然而这“九九八十一难”
都没有难倒您的“丑儿子”
他从来都不愿在困难面前
低下自己贫贱而又高贵的头颅
他总是含辛茹苦　忍辱负重
坚忍不拔地向前跋涉
母亲您知道这是为什么吗?
那是因为在您身边
您已经为他做足了
很深很深的“功课”
因为在过去的岁月

即使他受到了再大的挫折
也能在您的身边
得到最大的安慰
因为您总能用您那温情的翅膀
抚慰着　呵护着　您的“小鸡”……

2020年9月26日
于珞珈山

母亲语录

母亲　昨天上午
我又一个人坐在办公室里
呆呆地想您
仿佛您又站在我们身边
跟我们说着亲切的话语

母亲　还记得吗
我们在乡下的岁月里
村子里的每一个人
都有着自己的“凡人名言”
我忽然想起能不能给您　我亲爱的母亲
记下一份
我们珍贵的“母亲语录”呢？
母亲我忘不了您的恬淡的人生哲学
“平平日子淡淡过”
母亲　我牢记着您豁达的人生态度
“天塌下来又怕什么？有高个子顶着”

母亲　您常常教导我们
要有自己独立的人格
“您走您的阳光道　我过我的独木桥”

母亲　您总在嘱咐我们

不要害怕任何困难
“猴子不上树　多敲几下锣”
母亲　您总在随时随地
培养着我们的应变能力
“不上樟树上柳树　做人做事切莫呆板”

母亲　您在日常生活中
给了我们健全的人格力量
受到挫折时　您给我们信心
取得成绩时　您教我们低调
有一句话语　您常常挂在嘴边
“穷不倒志　富莫癫狂”……

母亲　您的言传身教
给了我们坚韧不拔的性格
您在劳动的日子里
不断地激励我们的承受能力
“你看这推磨吧　不怕慢　就怕暂”

母亲　尽管您一辈子没有上学读书
可您的心目中却有自己
坚如磐石的人生信念
“儿不嫌母丑　狗不怨家贫”
母亲　您质朴的话语
总像惊雷像闪电
震响在我们的耳畔
闪耀打在我们的眼前

哪怕我们睡在梦里
即便我们走在天边……

2020年9月27日
于珞珈山

推进会

母亲　一阵冷风冷雨之后
真正的秋天就在这风雨中
慢慢地走来了
它走过了树林
树叶渐渐地泛黄
它走过了市场
市场上的水果飘香……

在这丰收的时节
我又想起了大别山……
大别山是红色老区
也是中国最大的贫困片区
我们的老家在木兰山下
木兰山就是大别山的余脉

二〇一四年的秋天
湖北省在大别山召开了金融工程推进会
大别山金融工程
和全省其他示范地区的一样
所有的经济指标
就像树上挂满的红果子
一片飘红

湖北省庄严宣布：

全省全面实施金融工程！
整个大别山沸腾起来
从此之后　大别山金融工程
这面呼啦啦飘扬的旗帜
就像通山金融工程一样
飘荡在中国的大地上
母亲　您明白了吗？
那就是您的“丑儿子”
带领着他的研究团队
对您和农村这片厚土
深情无限地报答……

母亲　开完这场推进会
您的“丑儿子”
又带领着他的研究队伍
朝着中国更广阔的大地　出发……

2020年9月28日
于珞珈山

讨论会

母亲告诉您一个好消息吧
今天下午黄陂区要在老家六指镇
举办全民读书的一个讨论会
老家的人们要我参会
并在大会上
发言呢……

母亲　我想起了　一段往事
有一年
我到黄陂四中参加一个活动
那个学校的一位领导
招待我用餐
我拿起酒杯来敬他
谁知他却说：
我得谢谢您

他说他小的时候
每一年过年
他的父亲总要在祖宗面前
烧香磕头
并且口中念个不停：
菩萨保佑
保佑我的儿子
像叶永刚那样读书

正因为如此　他对我格外尊敬

所以　他后来像我一样
也考上了大学　而今天他在这里
总算见到了真人……

母亲　您听到这个故事
该高兴了吧
您的“丑儿子”
只要想起这个故事
就想唱歌　就想喝酒
就想蹦跳　就想赶快赶快
回到您身边
告诉您　让您和我一起开心……

2020年9月29日
于珞珈山

启动仪式

母亲　今天是九月二十九日
您的“丑儿子”又回来了
又回到了六指镇这片故土
回来在“黄陂区全民学习启动仪式”上发言

母亲　我在这里
给大家讲了一个故事
这个故事是真实的事情
我的一个男研究生追求一个女研究生

那个女孩子来自新疆乌市
是新疆的高材生
高挑的个子
浓眉大眼睛
而我的那个男生
湖南农村来的
个子不高　不善言辞……

我教了那个男生“两招”
要他去读两本书
一个叫作《千家诗》
每个不同的季节
只要有机会
就挑出一首　念给她听听

另一本叫作《经济资本》
这是当时最新的经济理论
每次小组讨论
我就找机会让他发言
让他以专业最新的进展
去获取那个女研究生的芳心

最后　那个小伙子终于成功了
毕业的时候　他们去到了同一个地方
在那里成家立业
“同心协力干革命”
我说：今天是读书日
这个故事告诉我们
书中可有黄金屋　书中可有颜如玉
这可称为新时期的“读书有用论”

母亲　当我讲完这个故事时
全场几乎笑翻了
天空中下起了阵雨
就像是老天爷笑出的泪水

2020年9月29日
于珞珈山

第五章

倾诉

中秋的思念

母亲　今天是二〇二〇年中秋节
也是中华人民共和国的国庆节
为了庆祝这个双节的大喜日子
您的曾孙女小田田
做了一盘精美的小月饼
我多想拿出其中的一个
给您捧上……

您的儿媳早上醒来
告诉我　要是往年的这个节日
我们就可以回家
同您和家人共度中秋了
今年的中秋节　您走了
我们只能将送回家的月饼
留在深深的记忆里……

一位朋友给我发来了
一张月夜的贺卡
两个圆圆的夜月
一个在天上　一个在湖间……

我捧着这张贺卡
就像捧着这个月亮
静静地进入了梦乡

进入了您的怀抱

我仿佛再一次
回归到了婴儿　回归到了您的腹中
我没有呼气　也没有吸气
我的脐带似乎还没有剪掉
我重新回到了
母亲给我的胎息

母亲　此时此刻
我感受到了　我真的感受到了
您就是我的大地
我就是您的天空和大地之间
一朵淡淡的白云
依然在您的梦中
飘飘荡荡　无忧无虑……

2020年10月1日
于珞珈山

回归家园

母亲　昨夜还是明月高照
今晨就是秋雨淋淋
天气变化真快呀　这场雨后
天气很快就变凉变冷
您的“丑儿子”
又从床上爬上来
伏在案头　用笔端
用心血　向您倾吐心声

母亲　在我们那个小村
二十户左右的人家
每家在我这个年龄
都有两三个小孩……
唯有您的“丑儿子”
在读书的路上走得最远最远
其中一个十分简单的道理
因为您的“丑儿子”从小就喜欢书本……

正因为如此
我从中明白了很多很多的道理
母亲　我常常读的一本书
名字叫作《道德经》
那本书的作者叫作老子
老子告诉我们

回归到婴儿
您的儿子认为
那不仅是要回到婴儿
而且要回到“胎儿” 回到“胎息”呢

一旦回到“胎息”了
那不就回到母亲了吗?
其实　您的儿子认为
那个叫作老子的人
还有更为深刻的思考呢
“母亲”是谁呀　在老子的心目中
“母亲”就是“道”　就是“神”
就是老子在书中所写的“谷神”

“谷神”不就是“山谷之神”吗
“母亲”就像山谷一样
要多深邃就多深邃
要多宁静就多宁静……

老子要我们回归到婴儿
不就是要我们回归到母亲吗
不就是要我们回归到道吗
不就是要我们回归到做人做事的根本吗?
母亲　那个叫作老子的先生
何其地清醒　他是在不断地
告诉我们
切莫忘本　切莫忘本……

而我们这些整天只顾得
东奔西跑的俗人
大多都淡忘了　都淡忘了
都淡忘了老子的话语了
都回归不到婴儿了
甚至有人淡忘了自己的家园
淡忘了自己的母亲
淡忘了自己从哪里来
更不知道自己要往哪里去了……

2020年10月2日
于珞珈山

上善若水

秋雨满满　母亲
我早早就起床了　睡不着了
我又想起了老子的那本《道德经》
我在想啊　那个老子吧
莫不就是一个
母性光辉形象的化身？

他告诉我们“上善若水”
若水若水若水　水岂只有柔性？
在老子的心目中　柔性的水
唯有柔性的水
在这个世界上才最有韧性才最有刚性……
母亲　我在想啊
您就像这个世界上
无数的母亲一样　若水者水
既柔情无限　又坚强万分……

母亲　昨天夜里
一轮皎洁的明月
悬挂在无限的夜空
那就是中秋佳节的月亮啊
月亮如水　如水般柔美
月亮如水　如水般润泽大地
润泽大地上的万物……．

母亲　写到这里
我忽然一下子明白了
原来母亲啊
原来全世界的母亲啊
就像老子说的那样若水若月若道
道生一　一生二　三生万物……

2020年10月3日
于珞珈山

新书出版

母亲　您的“丑儿子”
又有一本新书出版了
这本新书的名字
叫作《金融最后一公里》

最后一公里　就是乡村
就是母亲
您一辈子　舍不得离开的那片乡村土地
那一片土地上的袅袅炊烟
和那袅袅炊烟旁边的稻香和麦穗

用金融去打通最后一公里
而不是用财政
用企业去打通最后一公里
而不是指靠农户
用风险控制去打通最后一公里
而是要用融资
用市场经济去打通最后一公里
而不只是运用政府干预……

母亲　您的“丑儿子”
终于找到了一种“模式”
它叫作“1+N”
一个方案N个措施

可以构成一种
非常非常厉害的武器
一个措施　叫作资管
二个措施　叫作股改
三个措施　叫作担保
四个措施　叫作小贷
五个措施　叫作订单……
母亲您开始听不明白了吧
没关系呢　那是儿子的“专业”
儿子的专业叫作“金融工程”
就是用过去我们做水利工程那样的方式
去借钱　去用钱
去让我们每一个农村人的钱包
高高地鼓起

母亲　您的儿子
正在准备一个会议方案
他要让这本书籍
尽快传遍中国大地
让它造福农村
让它推动经济……

2020年10月5日
于珞珈山

松原

母亲　大别山金融工程之后
您的“丑儿子”和他的团队
并没有歇息
就像他在自己的诗歌中所说
他从自己的箭袋中
抽出了一支箭
他要将这支箭　射向远方
他将这支箭　射向东北了
他要带着自己的团队
为振兴东北贡献力量……

他们去到一个叫作松原的地方
那里的市长　听到了他们的报告之后
热血沸腾　带领自己的干部
来到了湖北　来到了大别山
回到了松原之后
他们座谈　他们交流　他们讨论
他们最后得出一个结论
原来金融工程创新
在并不发达的地方
照样可行……

母亲　在他们市长的带领下

他们终于行动起来了
您的“丑儿子”带着自己的团队
做出了方案　进行了动员
开始了实操
松原市的金融工程
就这样开足马力
冲进了快车道

眼看着东北振兴的第一个示范工程
就要落地生根
想不到　这时人事调动
主要负责人调任走了
一场轰轰烈烈的活动
就像东北的冬季一样
雪压树凋……

母亲　这是您的“丑儿子”
在人生路上的又一次挫折
通过这次挫折
他更深刻地认识到了
金融工程是党政一把手工程
任何时候都不能忘记
党政一把手的重要……

母亲　在困难和挫折面前低头
那不是您儿子的性格
他又像他的诗歌中所说

从他的箭袋中
抽出一支箭来
射向了更远的地方……

2020年10月2日
于珞珈山

国庆长假

母亲　没想到
这一个国庆长假
下了一场大雨
没日没夜地下着
电视里报道
这雨在中国的北方
已经变成了一场大雪　银装素裹
而在中国的南方
在长江两岸　依然是雨
冷冷地下着　下着……

母亲　我想起了爷爷
想起了那个在风雨之中
带我放牛的爷爷
爷爷正从他的口袋里
掏出一个舍不得吃的桔子
掰开来　他一半　我一半
爷爷过世太早了
六十多岁就走了
他走的时候
家里很穷很穷　临走之前
想喝一碗鸡汤
却做不到……

如今想起来
爷爷不仅走得凄惨
而且走得孤独
他是中国传统文化的一个缩影
他读书读《易经》
拿着罗盘帮人看风水
他背着《汤头歌》提着药篓子给人看病
他是农民
种田打耙养活着一大家人
他亦是铁匠
农闲时亦带着徒弟出门打铁……

去年我回到乡下
问起了五叔
爷爷的罗盘哪里去了
五叔告诉我
“文革”的时候被队长收走了……

我想找回那个罗盘
那是爷爷的心爱之物
那应该是我们家里的“传家宝”
去哪儿找呢？队长也过世了
我找到队长家的婆婆
婆婆告诉我　当年上交到大队了

爷爷的罗盘和爷爷一起
就这样消失了
消失在那个近乎荒唐的年代

消失在那个凄风苦雨之夜……
母亲　我相信
在下叶塆　爷爷是孤独的
爷爷也是智慧的
他读进了中国传统文化之中
那“惚惚恍恍”的一页
而下叶塆的人们
至今还认为
那是封建迷信……

母亲　爷爷做梦也没想到
他有一个孙子
在他去世之后
居然考上了大学
居然当上了教授
居然读起了《易经》
居然在《易经》中
读懂了他　读懂了
他这个像母亲您一样
极其平凡　而又极其智慧的农民……

2020年10月6日
于珞珈山

传家之宝

母亲　昨天我想起了爷爷
今天我又想起了奶奶
我记得奶奶在晚年
由您照顾她走完了人生的历程

奶奶像爷爷一样
有一颗善心
在我的记忆里
每遇荒年　只要有乞讨的　只要家里还未断炊
奶奶都会从米缸里
舀出米来分给别人……

奶奶去世的时候
也像爷爷去世的时候一样
家里极其贫困
叔叔婶婶们从自己家里
提出一只鸡来或舀出一些米来
勉强款待送葬之行

母亲　我常常在想
我们家如果要我找出一件“传家之宝”
那不是别的东西
那就是一颗“善心”

我记得《楚书》说过
楚人无他　唯善为宝
当我走到外地时
常常有人称“九头鸟来了”
我总会告诉他们：
九头鸟　一颗心
一颗善心
你们可否知道……

爷爷悬壶济世之志
奶奶揣普度众生之念
父亲怀息事宁人之姿
母亲　您多古道热肠之态
母亲　这就是我们的家风
这就是我们的家教
祖祖辈辈以身作则
我们后人耳濡目染

母亲　如果我们家
再要找出第二件“传家之宝”
我想就该是一个“勤”字
善者为人　勤者处事也！

爷爷奶奶
父亲母亲
叔叔婶婶
细细想来
谁人不是这样

并且小车不倒只管推
一直推向生命的终点哪……

母亲　这世上最重要的学问
无非就是“为人”与“处事”两门
我们家有了“善”“勤”二字
子孙后代不就受益终身了吗？

2020年10月7日
于珞珈山

童谣

母亲　这是今年中秋和国庆
双节的最后一天了
今年的中秋　您不在了
再也不能和我们坐在一起
一边赏月一边吃着月饼
一家人谈笑着　热热闹闹了……

母亲　您在月亮下
教我们唱的那些童谣
又在我的耳边响起来了
月亮走　我也走了
我跟着月亮提巴篓
一提提到巷子口
巷子口三头牛
姊妹三个在梳头……

2020年10月8日
于珞珈山

农民的儿子

母亲 《乡村振兴金融工程笔记》
这本新书出版了
这是今年疫情期间
我带领自己的团队
写作和整理出来的又一本专业著作

母亲 这本书还有一个名字
叫作“金融工程最后一公里”
什么是最后一公里?
那就是乡镇 那就是村级
那就是小组 那就是农户
那就是田间地角
那就是深山老林……

母亲 我们这几天正在筹备一个大会
我们要举办首届乡村金融工程论坛
在这个论坛上
我们要举行这本新书的发行仪式
我们要让这本新书
进入中国的每一个乡村
甚至 让它造福乡村的每一个农户
农户里的每一位农民

母亲 您的“丑儿子”

永远都会记着
他不仅是农民的儿子
甚至曾经和他的父母一样是农民
因此　他在最后的学术生涯里
最重要的人生目标　就是反哺农村……

2020年10月9日
于珞珈山

回馈

母亲　很久以前我就有一个愿望
想写一本　写一本
每一个识字的农民
都可以读懂其内容的专著
母亲　我终于做到了
昨天下午　我终于拿到了
这本还散发着油墨香味的新书
我将它紧紧地捧在胸口　心潮起伏……
母亲　我从小在农村长大
在您的怀抱中长大
我不仅是农民的儿子
而且中学毕业之后回家当了一个农民
一个彻头彻尾的农民
一个一天可以挣到十个工分值的农民
中国的改革开放
彻底地改变了我们的命运
母亲　我们家一家子人
做梦也没想到
会有如今的光景

我考上了大学　成为武汉大学的学生
我读完了硕士　又攻下了博士
不仅如此　我还出国了
在国外最好的大学求学做学问

母亲　几十年弹指一挥间
连您的“丑儿子”
几乎一眨眼的功夫
就变成了逼近七十岁的老人……

他在想啊
什么是如今最值得去做的事情?
那就是用自己所学的专业
去回馈生我养我的农村
同时　去写一本著作
记录这个充满困难和挑战的过程
而且　还要让每一个读者
读起这本书来　感到悦目赏心……

这本书的内容
就是关于中国乡村振兴……

母亲　当我今天捧着这本书的时候
我要告诉您
您的“丑儿子”做到了
他没有辜负您　没有辜负父亲
也没有辜负无边的原野上
那个叫作下叶塆的小村

2020年10月10日
于珞珈山

吉林

母亲　为了推进金融工程
您的儿子的脚步一直未停
在东北　从松原走过
我们又走进了吉林……

在吉林省吉林市
我们给那里的人们
做了一个方案　即如何化解债务风险
最后得到了当地政府的一致好评

我清清楚楚地记得
离开吉林市的情景
天空下起了小雪
地上就像铺满了碎银……

吉林市金融办的那位主任
一边陪着我们喝酒
一边希望我们
尽快再来将金融工程推向纵深
没想到　没过多久
那位主任居然患上了绝症　走了
我如今还清清楚楚地记得
那夜他那双期待的眼睛……

母亲　人生难测
世事难料　然而
请您相信
您儿子追求和探索的脚步
即使面临再大的困难
它决不会叫停

2020年10月11日
于珞珈山

修身养性

母亲　去年有一段时间
夫人发现我的身体
有些不对劲
一定要我到医院看医生
结果检查出来
有糖尿病……

住了几天院出来
又是吃药　又是打针
吃饭的时间　稍晚一些
血糖就会不正常……

后来　我觉得这样下去
会影响到我的工作进程
我采取自我调节的方式
加强锻炼　注意饮食
一如既往　乐观向上
修身养性……

没过多久身体渐渐恢复了
不吃药了　不打针了
出差的日子里
再也不用带上针管和药瓶
高兴的时候还可以喝上几口小酒

给周围的人助兴

母亲　您看看
您的“丑儿子”尽管老了
尽管真的越来越老了
可是依然牢记着您的教导
“蛤蟆死了也要跳三跳”
何况他还是一只活着的蛤蟆呢
何况他还是一只健康强壮的蛤蟆呢
母亲　您听到我这样说
我想您一定高兴　一定高兴……

2020年10月12日
于珞珈山

楚雄

母亲　我又来到了云南
来到这个叫作楚雄的地方
这里的天蓝蓝的
这里的山青青的
这里的水绿绿的
这里的人乐乐的
在这个天堂一般的地方
您的“丑儿子”受到了普遍的欢迎
您会问：为什么呢？
因为他带着自己的研究团队
在这里实施他所创导的金融工程

他已经记不清楚自己到这里来了多少次了
他只知道　这里的人民需要他
他只知道　他要让这里的人们
踏进致富之门

母亲　您看看您的儿子
这不又来了楚雄
是要来做一场报告呢
这场报告的内容
叫作产业金融工程

母亲　不管儿子讲什么吧

反正有一条
他在这里讲的　都是道理
他在这里干的　都会造福于民

2020年10月4日
于楚雄

企业发展的报告

母亲　我在高原
在楚雄这片美丽的大地上
我调研我座谈我交流
今天下午　我还要有一场报告……

母亲　我对这场报告充满信心
因为我在这片大地上
已经深耕两年了
我熟悉这里的山这里的水
这里的一草一木
这里的风土人情……

这次来楚雄
是为了在这里更快地推进金融工程
我在这里走过了昆明
走进了牟定　走进了南华
我现在还在
一个叫作大姚的地方
伏在案前
向您汇报呢

母亲　上午我们在大姚座谈
下午我们就回到楚雄州政府
给全州经信局的干部

作这场关于企业发展的报告了
母亲　您等待着吧
我一定给您传来佳音

2020年10月15日
于大姚

奋勇前行

母亲　我晚上睡着之后
做了一个很长的梦
梦见我的一辆破自行车不见了　急死我了
因为我骑着这辆破车在路上旅行着呢……
找啊找啊　怎么也找不着
几乎快要急死我了
正在这个时候
梦醒了
这颗紧揪着的心
才放了下来

母亲　我又开始躺在床上
琢磨着这次来楚雄调研的事情了
真要感谢楚雄领导和父老乡亲
对我和我的研究团队的信任
让我放开在这里实践
我们的金融工程

母亲　我昨天上午
去了这里的大姚县
在那个县里有两个企业
已经将股改工作完成
一个企业很快就要上市了

又一个企业　股改之后
依然面临着一种
难以融资的困境
“一龙挡住了千江水”
其他企业仍然处于观望的状态
母亲　我想啊
到底是什么原因？
仔细想来　原来这里的银行
已经对它丧失了信心
三千万的债务担保
就像一条捆绑的绳索
让它很难翻身……

母亲　我在想啊
我们到底应该如何
去解开它的绳索
让它能够彻底解困？……

母亲　我有一个大胆的设想
让它上市　让它去境外上市
用这一种巨大的“诱惑”
去说服企业家
去说服政府
去说服它周围
所有那些
对它并不信任的人们……
母亲我的主意已定

即使面临再大的困难
我也会不屈不饶
我也会奋勇前行……

2020年10月16日
于楚雄州

执着

母亲　您的儿子
过去在您身旁的时候
是一个长不大的孩子
极其淘气　极其顽皮
后来离开了您
仍然如故
如今头上已经有了白发
并没有多大的长进
还是那样嘻嘻哈哈……

散步的时候
发现路边有一棵野桔
一定会想方设法
摘下一颗
一瓣一瓣地掰下来
放进嘴里
即使酸　即使苦
即使涩　也要达到尝试的目的
母亲　这就是您的那个“丑儿子”
还是那个性格　还是那个脾气
还是那样对事业充满着执着
对生活充满着热爱　充满着好奇……

2020年10月17日
于珞珈山

“丑儿子”和“傻儿子”

母亲　您的“丑儿子”
昨天又干了一件石破天惊的大事
我们在武汉光谷大厦
举办了一个“中国乡村金融工程论坛”
更让您听完了要乐开花的
是您的大儿子和您的小儿子建刚
即您的那个“傻儿子”
二人在同一个论坛上发言

母亲我又想起了　在家乡的那些日子
我们家门前有一个池塘
每到夏天　生产队收工的时候
劳累后的两兄弟
就扑到池塘里洗澡
我在塘边摸鱼摸虾
让您的“傻儿子”去拿来一个装鱼的小桶
我把鱼虾扔到池边的草地上
您的“傻儿子”就将它们捉到水桶里
您的“丑儿子”和您的“傻儿子”
一下子就捕到一堆活蹦乱跳的池鲜

母亲　在晚饭的餐桌上
就有了一盆您亲手烧煮好的美味儿了
一家人在这浓浓的夜色中

享受着农家特有的幸福和快乐……
母亲　今天您的两个儿子
一个“丑儿子”　另一个“傻儿子”
仿佛又在门前的那个池塘
捕捞这蹦跳的池鲜

母亲　我们多想您来到我们身边
让您看着我俩
在这里捕捞的场景
并渴望着看见
看见您那一双
充满幸福的泪眼……

2020年10月18日
于珞珈山

野橘

母亲　昨天晚上
我陪着夫人在校园散步
我看见路边有棵野橘树
我的手心痒痒
又想冲过去采摘了

夫人拦着我说天太黑了
我说没关系
我能看见那些野橘了
正挂在枝头
亮闪亮闪的
就像一个个
红亮红亮的小灯笼

谁知树下有一道小沟
我的左腿掉下去了
伤了　我依然忍着疼痛
摘下了一个可爱的果子

回到家里夫人一个劲儿地责备
我脸上疼着　心里乐着
死皮赖脸要夫人给我擦点碘酒
夫人掀开我的腿
差点吓着了　大腿破皮了

一大块血红……
夫人说不能擦碘酒

她找来一管红霉素药膏
给我细心地敷上
又找来一块纸巾
小心地给我包扎
然后问我
还采不采路边野果
我笑着说
只要有当然采

母亲　我这时忽然想起了
您在我小时候
常常骂我的一句话呢
“狗改不了吃屎”
母亲我可不是狗啊
我只是您身边长大的一个野孩子
浑身上下充满着野性
过去如此　现在如此　永远如此
母亲我吃的可不是屎啊
我吃的可是果子呢
吃的可是大自然给我的“野趣”
吃的可是母亲您教给我的“快乐哲学”呢

2020年10月19日
于珞珈山

南宁

母亲　昨天我从武汉大学出发
乘飞机来到广西一个叫作南宁的城市
这里的人邀请您的“丑儿子”
参加一个由广西自治区政府主办的重要会议

奔波了一天之后
我躺睡在南宁饭店歇息
早上醒来　我依然像往常一样
静静地躺着　按通气脉
体会着一种美妙的状态　胎息

母亲　我就像又回到了故乡
回到了故乡的原野
回到了故乡的春天
回到了母亲的身边
我正在故乡的山坡上
看着山花烂漫　闻着野草芳香
放眼四顾
处处弥漫着无边无际的䌷蕴气息……
母亲　您的儿子
好像又回到了童年
又背起了您给我缝制的书包
在您的挥手之下
蹦着　跳着

奔向学校去呢……

母亲您可放心了吧
您的“丑儿子”
因为有了这样一种本领
就可以做到“老骥伏枥”

2020年10月20日
于广西南宁

喝酒

母亲　昨夜叶勇堂弟做东
您的“丑儿子”和“傻儿子”
全都到场了　喝酒
一杯又一杯……

母亲　我过去很少喝酒
但高兴的时候
也有例外
甚至可以喝半斤八两
偶尔也出状况
醉酒　醉得一塌糊涂
有一次喝得鼻出血
差点丢了性命
母亲　后来我的血糖指标高了
不敢再喝了　不敢再像以前那样喝了
但是后来经过调理
居然也可以喝上一两二两的了

只要能喝一点
哪怕就是那么一点
那也是幸福的
那也是快乐的呀
我总有一个认识
也许是错误的

一个男人要是一点酒都不喝
那还是一个真正的男人吗？

正喝得高兴的时候
夫人来了电话
叶勇　别让你大哥喝多了
不多不多　控制在二两以内呢……
母亲　您的“丑儿子”太幸福了
叶勇　你再给我加一点点　就加这一点点

2020年10月21日
于珞珈山

特约顾问

母亲　昨天下午两点
在热烈的掌声中
有人给我献花
给我拍照
行长给我念着
一个烫金的聘书：

叶永刚先生
诚聘您为南洋商业银行（中国）有限公司
武汉分行特约顾问
任期三年
特授予此证

接下来　我发表了
热情洋溢的演讲
再接下来　参加银行的工作会议
会议即将结束时
我再一次发言
母亲　您的"丑儿子"
已经记不清楚自己曾被多少公司
授聘顾问　但是
这家公司却让我特别上心……

这是一家外资银行
它却有着深厚的红色基因

我是它总行的董事
它在疫后第一个来汉落地生根

母亲　我在大学毕业后
留校任教
除了上课　就是到银行实习
一干就是三年
一直从武汉
干到北京……
后来又在金融机构兼职
几乎干遍了所有的金融业态
银行　期货　证券交易中心
等等　等等

正因为这些历练
您的“丑儿子”有了一种本领
能够对金融机构诊断
并且还会指导它们创新

母亲　您常常提醒我
“没有金刚钻　莫揽瓷器活”
儿子牢记着您的教导
时时打磨金刚钻
就是敢揽瓷器活
而且敢揽大瓷器活呢……

2020年10月20日
于珞珈山

新书出版

母亲　我今年出版了
《乡村振兴金融工程笔记》
我又想到明年
明年我要出版《国资企业金融工程笔记》

我从今年上半年开始
就着手研究中国的国企
呼吁中央政府和地方政府
国企资产倍增倍增再倍增
我相信这是一种神奇的处方
它将创造中国经济疫后重振的奇迹

今天下午我就要去参加一个国企的重要会议
这个会议要讨论的事情
将会成为国资改革
一个重要的案例
我不仅要把这件事情做好
而且要认真地进行研究和思考
不仅要开出药方
而且要阐明药理

等着吧
母亲　明年的这个时候
您的“丑儿子”

又要出版一本新书
并且要像今年一样
召开一次高峰会议

2020年10月23日
于珞珈山

野橘林

母亲　秋风一阵又一阵
吹过校园的枝头
枝头的野橘子熟了
鸟儿在枝头唱着歌儿

每天上班的时候
我走过这片野橘子林
总会在这里驻足
采摘一颗野橘子
放在我的案头
让它渐渐泛黄
渐渐放亮
就像一只闪亮的小灯笼一样

昨天又路过那片野橘林
看着树丛中剩下唯一的果子
我轻轻地把它采摘下来
紧紧地捧在手上……
我心里十分清楚
我摘下了这一颗野橘子
就是摘下了二〇二〇年的秋天了
秋天就这样要走了
冬天已经在匆匆赶来的路上……

母亲　又一年快要过去了
我期待着明年的春天再来
野橘的枝头花香
鸟儿站在枝头歌唱
而我会趁春天还未到来之前抓紧时间阅读
并伏在案头
写着自己觉得该写的文章……

2020年10月24日

于珞珈山

种菜

母亲　我昨夜睡了一个懒觉
直到早上八点多钟才起来
又想起母亲过去催我起床的情形
还不快起来　太阳都晒破屁股了

之所以早晨起不来
是因为昨天和夫人在楼下打理着那块菜地
我们找邻居借来一把锯
将菜地上的树枝锯掉了
好让天上的太阳光
能在我们的菜地上“光合作用”呢……

母亲　您可能会问
为什么你对种菜这么上心
母亲　那还不简单吗
因为我们是劳动人民出身
劳动　不仅光荣
而且是我们的本分
并且几乎成为了
我们的本能

您的“丑儿子”
离家数十年了
教书已经教成为

一个“教书先生”
两只手臂已成为
芝麻杆子一样瘦小
但只要扛起锄头
依旧浑身是劲……

母亲　不瞒您说
今天我们在这里种的丝瓜
几乎快要爬上高高的树顶
看着茁壮的瓜藤
一个劲地向上攀爬
母亲啊　我们要多高兴
就多高兴哪
原来种地　不仅有劳累　而且有欢欣……

2020年10月25日
于珞珈山

长寿

母亲　昨天晚宴时
有人在餐桌上
告诉我和夫人
有一位同事走了！
我和夫人猛然一惊
夫人对我说：
那位同事走得太早了
您看您的老师谭先生
达到九十八岁高龄
这期间有三十多年的差距
您想想看　三十多年哪
能多做多少事情

叶永刚　请你记住你喝酒就输了……

我又想起了
刘绪贻老先生
他是我们的黄陂老乡　著名的历史学家
他活了一百零六岁
他曾经告诉我

叶永刚　你还这么年轻
假定一年写一本书　你可以写多少书啊

母亲　您活了九十岁　父亲活了八十六岁
而我深信
我们这个家族
有着长寿基因
我们这些后人如不珍惜
我们就是一群不孝子孙
就该让您用扫帚来打屁股了

2020年10月26日
于珞珈山

乡愁

记住了母亲
就记住了乡愁
就记住了乡情　记住了乡音
就走进了自己的精神家园
就找到了自己的文化之树　文化之树之根……

2020年10月25日
于珞珈山

柿子树

母亲　武汉大学的校园
满园秋色　简直美到了极致
我从林中走过
那一片野橘林的最后一个果
即使藏到枝叶的最为隐秘之所
也被我采摘到了
我的眼睛　仍在林中搜寻……

忽然　我的眼前一亮
高高的一棵柿子树
树顶上伸展着一株独枝
独枝上挂着唯一一个大黄柿子
我看得出来
它熟了　它熟透了
它悄悄地挂在枝头
随着秋风起舞
它的色彩和形体
吸引着无数鸟儿和人们的目光……

我拾起一颗石子
怎么也击不中
我找来一根树枝
够不着　我抱着树干
不停摇撼着　它纹丝不动……

我只好站在树下　望着它
望了许久许久
最后摇着头　叹了一口气
极其舍不得地走开了……

即使我走远了
可是那棵树　那棵树上的那个黄柿子
仿佛依然在我的眼前摇晃
简直像在笑话着我

我这时似乎想清楚了
一个再简单不过的道理
原来在这个世界上最美好的东西
是那种最想要
而最终未能得到的东西

母亲　我又想起了在乡下的时候
您常常挂在嘴边的那句话
“跑掉的鱼总是大些”
摘不到的柿子也是如此啊

2020年10月27日
于珞珈山

颜如玉

母亲　晚上看完了新闻联播
夫人跳舞去了
跳她们的民族舞去了
老年大学的一群老夫人
最近开始“跳舞反弹”了
如果全世界的老夫人
都像中国的这群老夫人
有可能　早就把全球的疫情
活生生地气死了……

我呢　一个人自得其乐
到校园散步去了
又走在樱花树下
深秋时节　居然有着
稀稀疏疏的几朵樱花
在微弱的灯光下开放

想起了当年那个樱花烂漫的时节
我的未婚妻来了　美若天仙的她来了
站在樱花树下
让我给她照相……

母亲　您还记得在乡下的日子吧
您的“丑儿子”已经到了

谈婚论嫁的岁月了
可是要找一个媳妇多难哪……

因为读书　因为读书上了大学
所以我　可以在樱花树下找到漂亮的媳妇
这不是“书中自有颜如玉”吗？
我想起了这句中国古训　忍不住笑了
仔细一想也不尽然
我在乡下的时候
可是学校顶尖级的好学生哪
为什么我的书中没有“颜如玉”呢？
那些“颜如玉”的女生们
连看都不愿意　多看我一眼
都认为我家太穷太穷了
如今见了那些昔日的“颜如玉”
心中总有些耿耿于怀
甚至　愤愤不平呢……

原来上了大学
这才是问题的关键
读书是必要条件
但不是充要条件
也就是说　要读书
但有没有“颜如玉”
还需要有其他条件
比如说时运
如果在中国没有恢复高考制度
母亲　您这个“丑儿子”

去哪里找“颜如玉”呀？
哪里会有樱花树下的“颜如玉”啊？

母亲　我最近忽然想到了
要慢慢地制定出一个家训留给后人
前些时我想来想去
第一条是“善良”
第二条“勤劳”吧
第三条呢？莫不是“笃学”吧
简单地说吧
不就是　读书　读书　读书吗？

2020年10月28日
于珞珈山

第六章

追思

家训

母亲　最近一段时间
我常常想起了家训
我们家没有正式的家训
只有祖祖辈辈的言传身教
能不能草拟一个呢?
能不能以我自己的名义
来做这件事情呢?

母亲　我相信您一定点头赞成
您一定希望在我写作的家训中
能够表达出您和父亲
以及祖祖辈辈的心声……

我在前面已经想到了“善良”
想到了“勤劳”　想到了“笃学”
还有呢? 还有哪些呢?
我想到了“创新”……

创新既是我自己的思考
也是先师和古人给我的遗训
我的导师第一次给我上课
就告诉我　要“苟日新　日日新　又日新”
就是说　做人　做学问
就要像洗手洗脸一样

每天都要让自己清清新新
每天都要让自己学习新的东西
每天都要努力去做自己和别人
很难想清楚
也很难去做到的事情……

母亲　我希望我们家的后辈
都能够牢牢地记住这一点
在自己的人生旅途中
不断地去创新　创新　创新

2020年11月1日
于珞珈山

养生之道

母亲　今天我想给您汇报
我的所谓“养生之道”
叫作“不抽烟、少喝酒、多喝茶”

您知道　年轻的时候
我既不抽烟
又不喝酒
也不喝茶……

后来工作了
应酬也就多了
慢慢地开始喝酒了
而且有时候喝得很凶很凶
有几次喝得天昏地暗
连性命都差点不保……

后来开始控制总量了
平时基本不喝了
高兴的时候喝一点
也要提醒自己封顶戴帽
不是自己不想多喝
而是因为血糖指标太高……

渐渐地我开始爱上了喝茶

几乎每一天必不可少
因为喝茶使人清醒
而喝酒让人头脑发烧

前天喝了一杯好茶
喝完后浑身微微冒汗
有一种说不出的感觉
极其极其美妙

母亲　原来茶叶和茶叶并不一样
好茶好味　说好就好啊……

2020年11月3日
于珞珈山

骑牛找牛

母亲　早上醒来
听着窗外的斑鸠　和墙头上的麻雀
一起合唱
迎接东湖那边的太阳升起

我又伏在案前　想您
我又想起您常常挂在嘴边的一句话
“人要知足　不要老是骑着牛找牛”
过去听您讲这话
总习以为常
没有引起注意

今天早上想起这句话来
忽然脑洞大开
觉得“骑着牛找牛”
这句话简直就是人性中的普遍规律
原来人性的弱点
其根本就在这里！

我常常在想啊
为什么您和父亲
吃尽了苦头
最后终于扬眉吐气
而且健康长寿

让四乡八邻都羡慕不已？

究其原因
难道不就是因为您们知足常乐
一旦骑上了牛背
就在牛背上吹“横笛”……

抬头四顾
无数人之所以一败涂地
不就是因为有了一百万　还贪一个亿
有了一个夫人　还想像个皇帝
有了处级　还迷着厅级……

这不就是像您所言
骑着牛找牛吗？
您这朴素的话语
简直蕴含着人间的万千道理啊！

母亲　您是普通的　平凡的
您也是深刻的　也是伟大的
毛泽东同志说过
“卑贱者最聪明，高贵者最愚蠢。”

我在问　为什么这样呢？为什么这样呢？
难道不是因为这些“卑贱者”懂得了
不能骑着牛找牛
而那些所谓的“高贵者”
之所以栽跟头

难道不就是因为
已经骑上了一头牛
还在贪恋着十头百头千万头吗？

母亲　原来做人的诀窍
就在于不能“骑着牛找牛”
仔细琢磨　其味无穷
言之有理……

2020年11月4日
于珞珈山

家和万事兴

母亲　天蒙蒙亮了
不远处的东湖之畔
是解放军的军营
嘹亮的起床号
一声声　一声声
又一声声……

我伏在案前
想着家训
善良　勤劳
笃学　创新

有了这些
再增加些什么呢？
可不可以再写上
和睦　宁静
自强　奋进

之所以和睦
因为俗语云　家和万事兴
之所以宁静
因为宁静致远
之所以自强
因为世道艰辛　切切不可只靠他人

之所以奋进
因为除了阴阳平衡
人生的道路上更离不开精气神……

母亲　我再完整地写给您看看吧
善良　勤勉　笃学　创新
和睦　宁静　自强　奋进
母亲　如果您没有什么意见
我就将以上的这些话语
留给家人和子孙
并以此勉励后人……

2020年11月5日
于珞珈山

阴阳平衡

母亲　我的夫人常常这样向我提问：
为什么你的双亲
能在有生之年
培养出像你们这样
一群孩子

母亲　即使我自己
也常常这样问
为什么？
我和夫人都是教师
我们都难以说清……

为什么？莫不是那种艰苦的环境
我们村二十来户人家
其生活环境相差并不大
为什么偏偏只有我
能够考上一流大学
并且走出国门？……

为什么？莫不是天分
平心而论
我们村里
几十个年龄相仿的孩子
也没有看出

谁就一定
比谁显得聪明

为什么？为什么？
我不断地向自己发问
我忽然想起
母亲您常常对父亲说的一句话
您说　对待这些孩子
我们要做鹰的做鹰
做雁的做雁
我明白了
那就是说
您们不会同时拿着扫把
一起揍我们……

有的家庭
父亲是鹰　母亲是雁
而我们家里
正好倒过来了
父亲是雁
而母亲您是鹰
而我们健康成长的关键
就在于我们家里
不仅有雁　而且有鹰……

不像有些家庭
全都是雁　或者全都是鹰
这就会造成一种可能

要么孩子懦弱　要么孩子蛮横……

天下所有的孩子
既要有人“揍”　又要有人“呵”
原来所有的事情都有一个度啊
这叫作阴阳平衡
原来我们普普通通的父母双亲
竟掌握着教育孩子的最大智慧
用农村的话语来说
这叫作“分寸”……

母亲　我们生长在您和父亲的怀抱中
正因为在这样一个家庭
有这样的父母
才有了我们的锦绣前程

母亲　儿子写到这里
真想站起来
向您和父亲
鞠躬致敬……

2020年11月6日
于珞珈山

家乡小吃

母亲　前天在龙岩
晚餐时有一道当地的小吃
糯米白肠切片
我忽然又想到了老家
回到了母亲您的身边
在我们的老家
每到过年
家家都杀年猪
每到这时
母亲您就会将猪大肠洗净
灌进糯米姜葱油盐

再接着用细细丝线
将鼓鼓的猪肠
扎成一节一节
放进锅中蒸煮
煮熟了　再从锅中捞出
切成一筒一筒　而不是一片一片

我们一拥而上
开始了我们难得的尝鲜
母亲　每当这时
您看着我们高兴得大呼小叫
脸上露出无比幸福的笑颜……

还是母亲您做的那道菜好啊
走遍天下都忘不了
那一串长长的猪肠
那扎上的丝线　就像莲藕一样的形状
那吃着口中无比的美妙和香甜……

2020年11月11日
于珞珈山

三板斧

母亲　这次去福建龙岩
打响了“战役”之后
又将金融工程的红旗
插在了那一片土地

在回武汉的高铁上
我又细细地思考着这次经历
“龙岩一叙”让我极其受益
它使我明白了
我们的“市域金融工程”
完全可以提档升级……

一个市域金融工程方案
只须“三板斧”就可以解决问题
一是县域金融工程
二是产业金融工程
三是国企金融工程
一旦“三板斧”落地
即可创造经济奇迹……

一个市域可以这样去干
所有的市域都可学习
母亲　您的“丑儿子”

真想举起又一面红旗
大喊一声“冲啊”
冲向经济建设的前沿阵地……

2020年11月12日
于珞珈山

回乡任职

母亲
昨夜我给兄弟建刚电话
询问他的近况
他告诉我
省委组织部门
已经咨询他的意见
是否还在老家再工作两年？

他觉得自己
已经圆满完成任务　该回银行了
母亲　您应该为他感到骄傲
您的小儿子
回到家乡任职两年
为当地的经济建设做出了应有的贡献……

记得他当初
征求我的意见
我鼓励他回乡任职
并着重强调了两点
其一　回乡是去帮忙的
不是去做官的
其二　帮顺忙
不帮倒忙

他也给我提出了要求
其一　他回老家
要我也跟着去做些咨询
其二　只要他在老家一天
我做再多的事情也不要收取一分钱

结果　他做到了
我也做到了
母亲　他就要回来了

在建刚回来之时
我们两兄弟相约在一起
再次来到您和父亲的坟前

鞠躬跪拜　静默
并汇报我们的工作
以及我们两兄弟
所践行的诺言……

2020年11月13日
于珞珈山

麻雀和斑鸠

母亲　今天是周末
睡了一个懒觉起来
窗外阳光灿烂
麻雀在近处叽叽喳喳　斑鸠在远处召唤
它们似乎都在催促
要我抓紧写作　莫要偷懒

母亲　这些麻雀和斑鸠
又唤起了我对家乡的回忆
由于我在老家待了二十多年
最后才艰难地从那个地方走了出来
因此那里的一山一水　一草一木
都让我刻骨铭心　挥之不去……

正因为如此
我才写下了《故乡的小河》
但是我觉得那还远远不够
就像一片广阔的原野上
开满了遍野的野花
我只是采摘了小小的一朵而已……

母亲　今年我会每天早晨
从床上爬起来写您
等到明年　我仍然会

每天早晨从床上爬起
写我的乡愁　写我的乡情
下一本书的名字
也许就是
《我和我的下叶塆》呢……

2020年11月14日
于珞珈山

野菊花

母亲　窗外已是初冬了
南方的初冬如秋
路边的野菊花正在盛开
地上仿佛正在燃烧着
一片黄色的火焰

母亲　我又想起了您
每年的这个时候
您都会采上一袋野菊花
用簸箕装着
在太阳下晒干
每年　我都用它泡茶
微苦　清香
而又甘甜

今天的野菊花又开了
母亲　您与我们却阴阳相隔
去了遥远的遥远的那边
您的“丑儿子”
望着路边的野菊花
想着您采摘野菊花的身影
忍不住的泪水
模糊了我的双眼……

母亲　多想您再回来
再回到老家的那片田野
用您那勤劳的双手
再采摘一捧盛开的野菊花
笑眯眯地放在
家乡老屋的门前……

2020年11月15日
于珞珈山

母亲的爱

母亲　在这个世界上
第一个爱我的人是您
我呱呱坠地
您就呵着我　护着我
暖着我　教着我
吃的　生怕饿着我
穿的　生怕冻着我……

母亲　在这个世界上
永远爱着我的人也是您啊
您永远待在家里惦念着我
您永远坐在门前想念着我
您永远站在村口盼望着我

母亲　您一辈子给我的
就像村前的河水
永远也流不尽

母亲　您一辈子给我的
就像天上的星星
数也数不清

母亲　您走了
我才猛然惊醒

我亏欠您的太多太多了
我陪您的时间太少太少了……

2020年11月16日
于珞珈山

射向远方的箭

母亲　珞珈山的初冬如秋
树叶刚刚泛黄
寒风吹来　片片落叶
就像一群麻雀
朝着地面
扑扑地飞翔……

母亲　儿子明天又要出差了
又要带着研究人员
去北方　去黑龙江的五常市
去那个中国很冷的地方

我要去那里实施金融工程了
儿子曾经写过一首小诗
我要用一支支扎着火把的箭
射向远处　射向四面八方
明天　我将射出的
又是一支箭　一支冒着火苗的箭
儿子又要在那一片地方
燃起一场熊熊的烈火
让那烧起一片冲天的火光……

2020年11月17日
于珞珈山

古田

母亲　昨夜
我来到了古田
那是当年红军
召开古田会议的地方

我在这里讲课
我要在这里讲金融工程
讲您的“丑儿子”
做得最为开心的学问

因为我是农民的儿子
我希望自己能够反哺农村
我的脚步已经踏遍了
中国的很多很多的城镇……

这次来到古田
意味着我们的金融工程
又在福建全省
开启了新的里程……

母亲　您的“丑儿子”
有着一个宏大的愿景
就是要让自己创立的宏观金融工程

不仅走遍全国
而且走向世界……

2020年11月2日
于古田

长汀

母亲　昨夜我来到的地方
叫作长汀
我在这里
又想起家训

我曾经想写下
善良　勤劳　笃学　创新
想着想着　我忽然想到
能否将“勤劳”换成“勤奋”
我觉得与“勤劳”相比
“勤奋”更加精准
因为勤奋不仅体现了劳动的行为
而且闪烁着一种昂扬的精神

让我再写下来看看吧
善良　勤奋　笃学　创新
母亲　我们就这样写着吧
写完了后面的内容
我们再来琢磨
是否需要调整……

2020年11月3日
于长汀

有用之人

母亲　儿在龙岩
告诉您一个消息
我昨天在论坛上发言
唤起了会场上所有人的兴趣

会场上提出一个又一个的问题
我的回答让大家十分满意
在晚上的宴会上
有一个北京来的科学家对我说：
叶教授　您在会上的发言
引起了我的高度注意
您对很多重大问题的剖析
简直削铁如泥
我对身边带来的博士研究生说：
赶紧加强与叶教授联系
这位老师堪称“国之重器”……

母亲　我深知
此话不能当真
我在学术上尽管有自己的长处
但是由于时代和环境的局限
我这辈子留下了很多很多的遗憾
还是母亲您的那句老话
“平常人　平常心”……

但是　母亲
有一件事情您应该十分高兴
那就是您的“丑儿子”
心中有一个永远的追求
不仅要让自己和家人过上好日子
还要成为一个对国家有用的人……

2020年11月9日
于龙岩

加油站

母亲　我昨天乘飞机
从哈尔滨回武汉
整整折腾了一整天
晚上回到校园　已是深夜两点

早上从五常到哈尔滨
中午转机到下午　下午又飞机故障
谢天谢地　最终回来了
飞机落地的那一刻
一颗紧悬着的心
才放松下来

回来了
又回到了我这个幸福的安乐窝
更衣洗澡关灯睡觉
于是便像一头死猪一样
响着痛痛快快的鼾声
安然入梦了……

也许母亲您会问我：
今天周六　你准备干什么？
休息调整　恢复体力
下周开始
我又会背起行囊

带领着团队　奔向远方……

母亲　您的儿媳常常笑我：
你哪有家啊
这个家简直成了你的驿站
总是来去匆匆的
我总是笑着说：
这不仅是驿站　而且也是加油站哪……

2020年11月21日
于珞珈山

游访连城

母亲　我带着研究团队
昨夜来到了一个叫作连城的地方
从上次在龙岩讲课
到这次来连城游访
我们在龙岩市
已经开始谱写新章

如果说在古田讲课
是我们打响了金融工程
在福建这个省份的第一枪
那么这次在龙岩的论坛　就是第二枪
而昨天下午
龙岩投资集团座谈　就是第三枪
今天在连城
我们就打响第四枪

母亲　您的“丑儿子”
在暗暗地勉励自己
努力努力努力
一定要一枪更比一枪响啊……

母亲　也许您会问
在哪“放枪”都行
为什么偏偏自己

就看上了这个地方

母亲　也许您还不知道
按照我们的梦想
我们近年来
要在中国的每一个省份
选择一个市或县
作为先行先试的榜样
走进了龙岩就意味着我们
又在中国的一个省份里
将金融工程的红旗插上

母亲　给您的儿子
热烈地鼓掌吧
母亲　您看您看您看哪
儿子在这里插上的红旗
正在这片红军战斗过的地方
迎风招展　高高地飘扬……

2020年11月10日
于龙岩连城

海上生明月

母亲　我昨天乘着飞机
又一次来到了福建
这一次是要到龙岩开会
其中途经厦门……

我的学生李海云来接我
他让我借机欣赏海景
我又见到了鹭江
见到了海浪
见到了椰子树
见到了沙滩
见到了巨大的邮轮
见到了翻飞的鸥影……

大海啊大海
我又一次在海岸边情不自禁
它辽阔　它深远
它起伏　它宁静……
“海上生明月
天涯共此时”
母亲　我又想起了
古人的诗文……

“海上生明月”

您的“丑儿子”
站在海岸边
正在感受一种前所未有的意境
他正在静下心来
倾听沙滩上的微澜细雨
他又恢复了心中夜色般的宁静
“静生惠” 他的眼前
仿佛有一轮明月升起
“天人合一” 清澈的月光浸透了他的身心

母亲　您可别笑我啊
别以为您的“丑儿子”
可能是喝酒了
喝多了　正在这里发晕
不是不是　他是因为陶醉
陶醉在这如梦般的海景里……

2020年11月8日
于龙岩

灵魂歌唱

母亲　您的儿媳
最近喜欢上了一首歌儿
那是一个名叫王琪的人写的
歌名叫作《可可里海的牧羊人》
从那首歌曲的旋律里听出
一个泣血的灵魂……

母亲　您知道
您的“丑儿子”
从小就喜欢唱歌
儿时就喜欢音乐
那一只心爱的竹笛子
从早吹到晚
就是放牛的时候
骑在牛背上也在吹奏
甚至我自己
也把自己当作一首歌儿
一辈子都在唱个不停

可是我不喜欢让自己的灵魂哭泣
即使再痛再苦再烦再累
都会让自己的灵魂不屈不挠
每天早上都会像初升的太阳一样
从老家的山岗上

喷薄而出

母亲　我又想起您的口头禅
“蛤蟆死了也要跳三跳”
我又想起了在家乡务农时
乡下流行的一句俗语
“小车不倒只管推”
母亲　您的“丑儿子”
一辈子就是这样
蹦着跳着唱着
推着车子走过来的…….

母亲　您的“丑儿子”明白
人的灵魂不应该只是哭泣
而应该总是歌唱　歌唱　歌唱……
而这些飘荡着的歌声
就应该有着嘹亮的号角
就应该有着生命的礼赞……

2020年11月19日
于黑龙江五常

癞蛤蟆

母亲　我从前天
带领着自己的研究团队
乘机来到北方　来到哈尔滨
迎接着我们的
是二〇二〇年的第一场风雪
而且是一场难见的暴风雪
夜间　狂风吹打着高楼和门窗
简直就是鬼哭狼嚎的声音

第二天我们冒着暴风雪
乘车到五常市的一个小镇
在那里考察一个农业基地
养殖蟾蜍的情形
母亲　您知道什么叫作蟾蜍吗
那就是我们小时候害怕的“癞蛤蟆”
我们之所以对此如此着迷
就是想让这些小小的“癞蛤蟆”
成为一个巨大的产业
成为东北一道亮丽的风景……

从市区到小镇
两个小时的车程
我们终于到达了基地
在迷茫的风雪之中

我们抬头看见了
那座深黄色的屋顶……

主人指着漫天的风雪
告诉我们：你们看
附近是我们承包的百亩水库
远处是我们流转的千亩树林
他们拿出了一桶正在越冬的蟾蜍
让我们细细察看
并且不断为我们示范
采集蟾酥的情景

我们从水桶中
抓出一只花背蟾蜍
谁知它毫不客气
一泡尿撒在我的掌心
我笑了　我们都笑了
连窗外的风雪也在笑个不停……

母亲　说起来
您很难相信
这小小的“癞蛤蟆”
浑身都是宝贝呢
一整年下来
一只可以赚到百元以上
这里的农民就可以致富
这里的乡村就可以振兴

母亲　如果您不信
您就等着我们的好消息吧
我们就是要在这里
干出一番惊天动地的事业来
它的名称就可以称为
“癞蛤蟆产业金融工程”……

2020年11月20日
于黑龙江五常市

风雪深处

母亲　您的“丑儿子”向您汇报
在东北平原这片一望无垠的大地上
在一场暴风雪中的经历

母亲　昨天上午
我们的小车从城里出发
就像一支利箭一样　射向风雪深处……

道路两旁的白桦树林
由于前一晚雪花的融化
已经变成了冰柱和雾凇

一会儿小车就冲出了街区
进入了广袤无际的原野
好一派银装素裹的北国风光啊

我坐在小车上
眯上我的眼睛
凝视着眼前的壮观景色
冰雪覆盖着的原野
延伸延伸　一直延伸到了天边
原野上的村庄冒起了一缕缕炊烟……

渐渐地　我的筋骨开始松弛

我的身心仿佛一片云彩
消失在这迷茫的风雪之中
母亲　儿子此刻的感受
简直前所未有
我感觉自己的身心消失了
已经和眼前的景色
完全融为一体……

2020年11月20日
于五常市

烦恼

母亲　窗外的冬雨
从雨棚上滴滴嗒嗒地
掉落在玉兰花的树叶上
在冷雨中瑟瑟发抖……

儿子最近又遇上麻烦事儿了
由于儿子这辈子做的事情多
因此遇上的烦心事
也比一般的人要多　要多得多呢……

有人说　烦恼即菩提
菩提就是智慧
就是老师
就是教人
如何提得起　放得下　想得开……

母亲　有的时候
我在想啊
为什么烦恼就是老师呢？
一是它教我们想清楚
为什么我们会烦恼
无非就是一个“小我”在作怪嘛……

二是它教我们

如何去掉烦恼
“小我”成为“大我”
烦恼不就全然消散了吗？

母亲　我记得在我最烦恼的时候
您总是教我
最坏的结果
不就是回家种田吗？
即使种田
又有什么过不去的坎呢？……

该干嘛就干嘛
宠辱不惊　无所畏惧
我想如今的我
不会轻易让自己东摇西摆……

2020年11月22日
于珞珈山

巨轮启航

母亲　没想到
我们在广西这片大地上
找到一个叫作博白的地方
并且可以在这里　大作金融工程的文章……

我们在这里的一切
非常顺利
书记和县长
意见一致
整个县委和县政府
汇成一股巨大的能量

母亲　我们已经在这里
制订了一个创新性的方案
并且正在召开一个接一个的专题会议
推动着这艘巨轮启航……

做好了这一个县
就不愁下一个市
做好了下一个市
就不愁让整个广西变样……

母亲　您的儿子
有一个梦想

就是要让金融工程
在这里变成一个火车头
带动广西这个列车
呼啸着奔向前方……

2020年11月25日
于广西博白

运动战

母亲　我这些天
带着我的研究人员
在广西这片大地上
进行着一场金融工程“运动战”……

周日　从武汉乘机到南宁
周一　在南宁市召开座谈
周二　北上马山报告
周三　南下博白调研
周四　龙潭工业园考察
周五　县政府讨论金融工程进展……

母亲　您的儿子
带着您的孙子和其他研究成员
一路风尘仆仆
几乎废寝忘餐
结果　到达博白的周三晚上
我发现我的行李不见了
最终想起来了
忘在了南宁酒店……

行李找到了
酒店已经邮寄到了武大校园
可是我自己心里却老不高兴了

母亲　您要知道
这可是我在旅途上
第一次忘了照看好自己的行李
我不断地责问自己
是不是自己真的老了　真的老了……

母亲　这次行李丢失
给我敲了一次警钟
一定要趁自己还未“海默”之前
快马加鞭　快马加鞭……

2020年11月26日
于广西博白

热爱文学

母亲　您可能做梦也想不到
您培养的这个儿子
不仅热爱自己的专业
而且热爱文学
并且一辈子都热爱文学……

可不是吗?
您看我正坐在
一辆去往飞机场的小车上
我身边有一个南方的女士
由于我上车时
未有将车门关紧
在小车发动之前
她告诉司机:
请帮忙把车门关上
讲完这句话语
她马上想到了
坐在身旁的叶教授
很快她又说了一句:
叶教授在门里
不好使劲
还是有劳您辛苦一下吧

母亲　您看看

真是一方水土养一方人啊
这里的灵山秀水
养育出来的
就是这样细心周到
善解人意的心灵和情调啊

母亲　您看看
您不仅给我一个强健的体魄
让我能够踏遍青山
而且给了我一个柔软和细腻的心灵
让我时时刻刻
都能感受大自然的美景
和人性的灵光……

2020年11月27日
于珞珈山

幸福的今天

母亲　告诉您一个好消息
您的曾孙女　小田田
刚刚钢琴考试过了三级
要知道她才六岁
正在武汉大学附小
读着一年级呢……

母亲　记得吗？
记得我在老家的岁月吗？
那时候的我呀
多想放学之后
能够坐在家里
拉一拉二胡
吹一吹竹笛呀……

可是农家的孩子
哪有这种“空隙”呀？
放学后的时间
还须到自留地里种菜
还须到山坡上去砍柴
还须提着竹篓
到田野上去采摘猪草呢……

母亲　您在世的时候

您告诉我们
父亲在临终之际
躺在床上号啕大哭
一边哭着　一边喊着
对不住这些孩子们哪
没想到这些孩子们
吃了那么多的苦头
还那么争气　那么有出息

母亲　只要想起这些
我就忍不住自己的泪滴
如今好了　如今好了
我们的小田田　小米米
都幸福无比　就像泡在蜂蜜里……

2020年11月28日
于珞珈山

喜欢诗歌

感谢您呀　母亲
您不仅生了我　养了我
而且给了我一个诗人的脑袋
从小我就喜欢文学　喜欢诗歌
十九岁的那年就在孝感报上
发表一首叙事诗
叫作《山村女教师》呢……

从前喜欢李白
喜欢李白的“黄河之水天上来”
喜欢杜甫
喜欢杜甫的“一览纵山小”
如今我更喜欢王维
喜欢王维那种禅意
那种幽深
那种淡远……

“明月松间照
清泉石上流”
他的这种诗句
就像明月与清泉
正照耀和润泽着
我幸福的晚年……

母亲　感谢您　感恩于您
让我这辈子能够写诗
所以　我就用诗歌来写您
来歌唱您　来赞美您
来用我绵绵无尽的思念
倾诉于您……

2020年11月30日
于珞珈山

第七章

希望

走向远方

一九七九年秋天的那个上午
我用一根扁担
一头挑着您出嫁的那个红木箱
一头挑着父亲用过的旧藤箱
上大学去了
父亲硬是要抢过我的行李
一定由他亲自挑着送我上大学
母亲　您那天站在村口送我
您一边抹着眼泪　一边看着我走得老远老远……

母亲　您知道
您一把屎一把尿拉扯大的“丑儿子”
那一次从村子里走出来
一直走了多远吗？
我不仅走遍了中国
而且走遍了美国
走遍了欧洲
走遍了英伦三岛
走遍了俄罗斯……

母亲　那只是走过的路程
还有您知道您的“丑儿子”
在做学问的路上走了多远吗？
我从大学本科一直读到博士学位

从一个助教一直做到博士生导师
我从一个大学的普通老师
一直干到成为中国金融工程学科的带头人
甚至我让我创立的宏观金融工程
正在走向中国的每一寸土地……

2020年12月8日
于珞珈山

吃肉不如喝汤

“吃肉不如喝汤”
这是母亲您的口头禅
特别是当我们有肉吃的时候
母亲您就这样劝告我们多喝汤

“喝汤不如闻香”
这句话是我在民间听见的
这句话配上母亲您所说的
就构成了我现在的身心现状

年轻的时候喜欢吃肉
年壮的时候喜欢喝汤
现在年老了　肉汤都不缺了
不是高了血脂就是高了血糖……
只好看着别人大吃大喝了
只好待在旁边眼巴巴地观望了

母亲　也许在不同的年龄阶段
就是应该采用不同的生活模式
如果不是这样去做
躯壳就会拖累灵魂产生不适和惊慌……
身体是这样　人生的哲学
莫不也是这样？莫不也是这样？……

2020年12月15日
于珞珈山

失败与挫折

人们常说
真理向前走半步　就是谬误
我常常想
如果谬误向后面退半步呢
不就是真理了吗?
母亲　以前我在您身边的时候
经常犯错　甚至犯下大错
那时候　经常受到您的“纠正”……
让我能从错误中
及时吸取教训……

母亲　离开家乡之后
我同样经常经历着人生的失败与挫折
但是您的儿子从来没有屈服
从来都是哪里跌倒哪里爬起来

正是有了挫折　有了失败
才使我有了人生最宝贵的精神财富
才使我能够走进对生活认识的深处
才使我能够经受生活的磨砺与摔打……

母亲　在我人生的路上
我还想做一点力所能及的事情
毫无疑问　在我身后等待着我的

一定还会有困难　有挫折
甚至有风险　可是请母亲放心
您的儿子无所畏惧　不怕
因为即使失败
它也会像您一样
也会成为
哺育我成长的又一个“母亲”……

2020年12月15日
于珞珈山

豆丝

母亲　快要过年了
乡下的亲友们
给我们送来了过年的豆丝
豆丝啊　那不仅是我的记忆
那也是我的乡愁啊……

在家的时候
每到这个季节
母亲　您就带着我们做豆丝
您用清水浸泡着大米和绿豆
然后磨成豆浆　再在锅中烧成豆饼
最后用菜刀切成豆丝……

白花花的豆丝
摊晒在打谷场上
就像一片美丽的花朵
全在冬日的阳光下绽放……

母亲　我们在这时候
看您站在打谷场上
看着这满地的豆丝
脸上洋溢着丰收的喜悦……

母亲　每当我想起这种场景

我就想回家
就想重新回到您的身边
和您在一起做豆丝　一起吃豆丝呢……

2020年12月16日
于珞珈山

金融工程年会

母亲　我又背起行囊出发了
我要去东北
我要去那里
主持我们的金融工程年会了

母亲　您的儿子
这一辈做过最大的一件事情
就是在中国这片土地上
创办了金融工程专业……

而且这是全世界最大的一个方阵
母亲　为您的儿子而骄傲吧
您的儿子会在自己的生命岁月里
继续为它增光添彩……

2020年12月17日
于珞珈山

不再喝酒

吊了十四天的针药水
尿检结果出来了
所有的指标恢复正常了
终于可以顺利出差了
母亲　您的儿子又要迎着冬天的风雪
到北方出差去了！

夫人不断地在耳边嘱咐我
不能再喝酒了！
不用夫人多说了
这回对我的教训太深刻
老了　受不了啦
已经过了胡吃海喝的岁月了
认老吧　认命吧
认怂吧　不能再喝酒了……

还是夫人那句话：
叶永刚　你只要不再喝酒
就可以取得你这辈子
最后的胜利了！

母亲　我向您保证
您的儿子不再喝酒了
为了对自己负责

也为了对周围的人负责
照顾好自己
也就是在关爱他人……

2020年12月18日
于珞珈山

来到哈尔滨

到哈尔滨的飞机
终于落地了　飞机稳稳地
降落在太平机场
我心中久久压着的一块石头
也砰地一声落地了

我一直在担心着
能不能参加这届年会
因为现在是疫情时期
因为我在半个月前身体出了问题
这半个月来　我几乎每天都在吊针
我的心中不断地念叨着
快点恢复吧
快点恢复吧……
我落地的第一个时刻
心中轻轻地呼唤了一声
哈尔滨　我来了
我又来了……

上个月我来了
我来这片土地调研
这个月我又来了
我来这里参会并发言……

母亲　我一定要来
我一定要来这里
我要继续在这里
让金融工程的思想
落地生根
传播四方……

2020年12月19日
于珞珈山

年会成功

终于　第十九届中国金融工程年会
在热烈的掌声中落下帷幕
母亲　儿子的心中
真是说不出有多激动……

今年以来我一直担心
这届年会是否能如期召开
因为新冠疫情经常出现反弹
各地不断出现疑似病人……

最近又有一件事情
让我十分担心
由于喝了一顿假酒
直到赴哈尔滨的前一天
我还在学校医院
挂着吊针……

这一切都过去了！
会议圆满成功
母亲　您的儿子
照样站在论坛上
抒发着往日的豪情……

2020年12月20日
于珞珈山

新目标

我乘坐的南航飞机
降落在了武汉天河机场
我圆满地完成了这次任务
从冰天雪地的北国归来了……

母亲　在这次第十九届中国金融工程年会上
我们又确定了一个新的高度
我们的第二十届金融工程年会
将在西藏高原的拉萨举办……

母亲　我将在明年的年会上
作一个关于金融工程二十年回顾与展望的报告
母亲　您要知道
那可是要到世界屋脊上去报告啊
从现在开始我就要锻炼身体了
没有好的身体　这件事就做不起来了……
母亲　您的儿子几十年如一日
持之以恒　不屈不挠
就这样锁定一个目标
再锁定另一个目标……

2020年12月21日
于珞珈山

冬至

昨天是冬至日
冬至日过去了
意味着一年中最冷的日期
已经消失了……
太阳已经在南回归线打住了
开始回头朝着我们“深情地张望”了

母亲　春天已经开始在向我们挥手致意了
您的儿子的心里已经萌发了
又一片青青的绿草了
小河的流水
又一次哗哗啦啦地唱着歌儿
向我流过来了
母亲　我又提起家里的菜篮子　走向田野
我又想起了
我放学了　我要去打猪草了……

“一年之计在于春”
母亲　每年春天来临之前
您总是不断地这样提醒……

春天是母鸡下蛋的季节
二〇二一年的春天

我要像母亲您养的那只大母鸡一样
又要下蛋了　又要下一窝
金灿灿的鸡蛋了……

2020年12月22日
于珞珈山

冲击前沿

母亲　上周
我从武汉乘着飞机
北上去哈尔滨
在那里感受着
二〇二〇年的第一场暴风雪
如何猛烈和凌厉

母亲　昨夜
我从长江边乘着飞机
来到南宁
看着这里的人们
走在大街小巷
还穿着短袖衬衣……

母亲　您的儿子
就像一只鸣镝
鸣镝就是带响的箭啊
一会儿飞向南　一会儿飞向北
一会儿飞向东　一会儿飞向西……

那是因为您的“丑儿子”
有着一个久久的梦想
要让金融工程的旗帜
插遍中国的大地……

母亲　这次来广西
还有一件事情要告诉您
您的儿子这次带着自己的儿子
和团队一起来到这里
这就意味着您的儿子正和您的孙子
肩并肩
冲进了金融工程的前沿阵地

2020年12月22日
于南宁

渴望春天

这次生病
使我的身体受到了很大的损失
如梦初醒　我明白自己免疫机制的下降
我明白了酒精对我的伤害　我下决心戒酒了
我恢复了每天晚上的散步……

我就像一只懒猫
开始靠在山墙边晒太阳了
我期盼着冬天快快过去
渴望着春天早些到来……

我的梦想依旧
想象着明年到西藏办会的情景
第二十届金融工程年会
将会和珠穆朗玛峰的雪莲一起盛开
母亲　今年的冬雪还没有飞来
还没有覆盖珞珈山的校园
我在想象着漫山遍野的梅花
又会报春而来……

2020年12月23日
于珞珈山

南宁的冬天

母亲　南宁的冬天
简直就是春天
没有寒风　没有冷雨
更没有雪花与棉衣……

母亲　您的儿子
在这里又将金融工程的旗帜
插在南宁的大地上
并且还要在这里
夺取更大的胜利

母亲　您等待着吧
儿子今晚又去博白
相信在那个地方
儿子还会给您传来
更加令人振奋的消息……

2020年12月24日
于珞珈山

牢记本色

母亲　您知道吗
您的儿子从一九七九年
走进武汉大学之后
尽管成为一个学者
甚至是一位珞珈杰出学者
可是他一直保留着两个习惯动作呢

一是坐在椅子上
时不时地卷起自己的裤腿
二是走在路上
总喜欢折一根路边的枝条
紧紧地握在手中
不断地挥舞

这两个习惯动作
不知道被夫人批评多少回了
可是怎么也改不掉
稍不注意就露出马脚……

母亲　您知道这是为什么呢?
第一个动作是因为长期在农田干活形成的
第二个动作是长期在农村放牛养成的
由于在农村干农活和放牛久了
这两个动作

也就愈加根深蒂固了……

这也好　它将使我时时刻刻牢记
我不仅是一个农民的儿子
而且也是一个农民
一个成为教授的农民
成为教授的农民
就要为农民鞠躬尽瘁　死而后已
就要牢记本分
就要反哺农村
否则　就是忘乎所以
就会天理不容……

2020年12月26日
于珞珈山

交班

提心吊胆
咬牙切齿
终于在北京召开了
第十届中国与全球风险论坛

本来晚上请贵宾们吃饭
本来想在北京睡一晚
第二天早上乘火车
慢慢地转回……

结果会议结束　由于新冠病毒
我们取消了晚宴
马上换乘当晚的飞机
奔向大兴机场的航班……

尽管担心　尽管着急
论坛都十分圆满……
全景网全程直播
所有的信息马上在大江南北飞传……

母亲　我带着团队
将这件事一直干了十年
这次会议结束
我就可以给后来人交班……

夫人在耳边不断地提醒我：要退休了
从此之后
刀枪入库 马放南山
是啊
难道这不也是人生的一种境界
一种快乐吗
人到老来 依旧满目青山…….

2020年12月27日
于珞珈山

婚纱

早晨被夫人从床上推醒
夫人告诉我：
刚才做了一个梦
梦见我正穿着一件漂亮的婚纱
和你结婚
“真的吗”我瞪大眼睛……

夫人说：叶永刚
你这辈子欠我一件婚纱
是啊　我结婚时
是多么窘迫的家境

结婚时不仅没有婚纱
而且也没有婚庆
没有伴娘
没有戒指
我们只是买了两包糖果
一包分给我的同行　一包分给她的同事们
这就意味着我们向全社会宣布
我们已经领证结婚……

等到我的儿子结婚时
完全成为另一场风景
儿媳不仅穿上婚纱

而且用无人机送来戒指
让亲朋好友都来庆祝
请各自单位的领导致辞证婚……

的确　我这辈子欠夫人的太多太多
母亲　我会用我这辈子的一片真诚
慢慢地给您的儿媳填补欠下的情分
母亲　在儿子的心里
这位媳妇就是我家的一个福星……

2020年12月28日
于珞珈山

思考发言

从依旧湖水荡漾的珞珈山
又来到了天寒地冻的北京城
这里的冬天毕竟是冬天　格外格外地冷
这里的人们毕竟还是人　特别特别地忙
所有人几乎都在不论时间
不论地点　不论任何条件地
彰显着自己的存在感
于是就在凛冽的寒风中
召开着一个又一个会议
举办着一个又一个论坛……

母亲　我这次又像往常一样
赴京参加一个例行的年会
又见到了一群熟悉的面孔
也见到了一群雨后春笋般的新秀……

我不再像先前那样
放下行李就找人攀谈
我只是静静地待在房间
一边喝茶　一边想一下自己的发言……
母亲　学界像任何有人的地方一样
都是一个“社会”　都是一个“江湖”
您的儿子老了
老了的儿子　和没老时的儿子相比

毕竟有差异……

母亲　只有在今天
只有在这个时候
我才真正体会到了
您常说的“人不求人一般高”
这句话的真正意义……

2020年12月29日
于珞珈山

曾经的岁月

母亲　我在北京开会
忽然有一种极其无聊的感觉
感觉这种带着应酬性质的所谓学术会议
不会再来参与了……

还不如回到我们生活过的故乡
坐在那里看天上的云朵
走在田间的小路上
去看到收割后的野外
觅食的麻雀
在那里唱着歌儿翻飞

昨天中午一群人在一起喝酒
喝了一大瓶假茅台酒
那种感觉就像是在喝水
淡而无味
参与这种会议
与这种喝假酒的感觉
居然相差无几……

母亲　那些我们曾经拥有的岁月
多么美好啊
生活尽管艰难

我们总在苦中作乐
我们在您的庇护之下
是那样地乐观向上
那样地无忧无虑……

2020年12月30日
于北京

恢复健康

渐渐地
我的体能恢复起来了
我的两条腿走起路来
又开始如轻风一般……
有朋友打电话问我：
身体好了吗？
我兴奋地回答：
好了　一拳头又可以打死一头牛了

一拳头可以打死一头牛
这是我们乡下人形容一个男人有力气的话语
母亲　这也是您过去对我们这些儿子们
深切的希望　希望我们身强体壮……

母亲　放心吧
在今后的岁月里
我不再喝酒了
我只保留一个喝茶的生活习惯
我已经老了
不成熟不行了……

2020年12月31日
于珞珈山

小孙女

早上醒来
窗外风吹雨打
身上盖着厚厚的棉被
还感觉冷冷冷冷冷……

看时钟已是八点整了
夫人在床上一个劲地惦记着
自己的小孙女田田
田田七岁了　读小学一年级
夫人说：
这孩子早晨起床
顶着风雨上学
现在已经走进课堂
正在听课　朝着黑板瞪大眼睛……

夫人感到格外心疼
小小年纪就开始像一匹小马
套上了粗粗的缰绳……
人啊　不都是这样吗
人生的路别无选择
唯有奋进奋进

母亲　您和父亲不就是这样一路走来吗？

我和兄弟姐妹们不也是这样吗？
我的儿子辈　现在又到了孙子辈
莫不如此　地上踏着一个个不屈的脚印

2020年12月29日
于珞珈山

修桥补路

兄弟建刚给我电话：
欢迎你回村里检阅
我们已经将整个下叶垮
打扮得像花园一样了……

真的吗？
我专门回村里一趟
果然　路修宽了
池塘清理了
村里修起了广场
污水有了管网……

村里人在说
汤太婆养的两个好儿子
一个帮村里修了水泥路
一个在路边建起了广场……

母亲　如果您和父亲在天有灵
听到村里人的夸奖
您们两位老人
应该感到无比骄傲
而且完全有理由
可以感到万分荣幸……

母亲　其实这些
都是我们应该做的
因为您们两位老人活着的时候
时时刻刻都在教导我们
叶沐安家里的孩子
就是要修桥补路
行善积德
能帮忙的地方就努力去帮……

2021年1月1日
于珞珈山

新年祝福

元旦来了
新年的钟声已经敲响
我们老家　东山岗的太阳红红的
已经爬上了山头

四面八方的祝福
如同花雨一般
向我飞来　我找到一个
我最喜欢的元旦视频
向所有的亲朋好友转发
那是一头雄赳赳气昂昂的水牯牛
正站在火红的太阳下
迎着新年的脚步……

我在昂首挺胸的牯牛之下
写下了两行字迹
“元旦有酒人迎曙
牛年无鞭自奋蹄”

母亲　在这新的一年开始之时
您的儿子又在
准备出发了
母亲

我仿佛又在老家门口
向您挥手告别……

2021年1月2日
于珞珈山

后　记

周末，武汉大学的樱花开了。三年疫情之后的樱花开得格外浓烈，开得分外灿烂！游人如织，几乎就要挤破这美丽而又可爱的校园了！

我一个人钻进自己的办公室里，阅读和修改着这部诗集，并且准备写下后记。

读着读着，我总有一种感动，我想哭……

我又想起了和母亲在一起时那些苦难而又快乐的日子……

我的母亲是平凡的，也是伟大的。

母亲之所以平凡，是因为她是一个农民，是一个农民中最苦最苦的农民；是因为她是一个家庭妇女，是一个最累最累的家庭妇女。

母亲之所以伟大，是因为她是一个不屈不挠的农民，是因为她是一个大爱无疆的妇女！

由于家境贫寒，母亲上不了学成了文盲，她除自己的姓名之外，其他的字几乎一个都不认识。但是，让我感到极其诧异的是，母亲的行为举止、母亲的朴素语言，却是那样的深沉和高尚，却是那样让我铭心刻骨。

没有上学而不识字，是否就意味着没有文化呢？是否就意味着没有受文化的熏陶呢？

不是的，母亲就像千千万万普普通通的农村妇女一样，只不过是生长在农村田野上的一棵小草。但是，就是这样一棵在农村再平凡不过的小草，在它的草尖上，依然挂满了晶莹的露珠，露珠上依然闪烁着耀眼的光芒……

母亲身上闪耀的这种光芒不就是文化吗？不就是文化人所说的一种“集体人格”吗？

这不就深刻地说明了一个事实：没有机会学习文字也可以有文化！而且也可以有大文化！“卑贱者最聪明，高贵者最愚蠢。”原来，母亲这样的卑贱者，这种浑身上下都闪耀着中华民族五千年文明精神的卑贱者，才是最智慧的卑贱者啊！

正因为如此，我才深深地认为，我的母亲既是那最平凡的人、最艰辛的人，也是那最伟大的、最高贵的人！

母亲，儿又给您鞠躬了！

母亲，儿又给您磕头了！

是为后记！

2023年3月22日

于珞珈山